나는 평생 여행하며 살고 싶다

나는 평생 여행하며 살고 싶다

학교 대신 세계,
월급 대신 여행을 선택한
1000일의 기록

박 로드리고 세희 글 · 사진

라이팅하우스

지금 떠나지 않으면
만날 수 없는 행복이 있다

여행을 떠올릴 때 내가 가장 좋아하는 이야기가 있다. 처음 그 이야기를 들었을 때, 나는 이 만남이 결코 우연이 아님을 알았다. 마치 중앙아시아의 광활한 평야에서 맞닥뜨린 두 마리의 야생동물들처럼 이야기와 나는 한참을 대치하고 있었다. 말하지 않아도 알 수 있는 많은 것들이 침묵 속에서 교환되고 있었다. 떠나는 자와 떠나지 못하는 자, 꿈꾸는 자와 꿈을 이루는 자에 대한 수많은 생각들이 머릿속에서 스쳐 지나갔다. 3년간의 세계여행에서 본 수많은 사람들의 모습들, 자유롭게 세상을 여행하는 사람들과 일탈을 두려워하는 사람들 그리고 떠날 자유조차 없이 살고 있는 사람들까지…… 모험과 더 나은 세상을 찾아 떠나는 자유로운 영혼을 지닌 사람들에 대한 모든 이야기들에 바치는 한 편의 오마주라는 작가의 말처럼, 나 역시 새롭게 길 떠나는 모든 이들의 앞에 언제나 이 이야기를 놓아 준다. 그리고 노파심에 한마디 덧붙인다. 두려움 없이 떠나라고, 지금 떠나지 않으면 결코 만날 수 없는 행복이 있다고.

옛날 콘스탄티노플에 가난한 장사꾼 한 명이 살았다. 하루하루 살기가 버거웠던 그는 어느 날, 카이로에 가서 행복해하는 자신의 모습을 꿈속에서 보게 된다. 다음 날 그는 수중에 지닌 모든 것들을 팔아 여비를 마련한 후, 이제까지의 삶을 포기한 채 카이로를 향해 떠났다. 힘든 여정을 마치고 카이로에 도착했을 때, 그의 수중에는 단 한 푼도 남아 있지 않았다. 그 후 몇 년간 거리에서 구걸로 연명하면서도 그는 꿈에서 본 자신의 행복한 모습을 결코 잊지 않았다. 어느 날 그는 체포되어 경찰서로 끌려오게 되었다. 경찰관은 그가 어디에서 왔는지를 물었다. 자신의 꿈 이야기를 털어놓고 그 때문에 카이로까지 왔노라 말하자 경찰관은 그를 비웃기 시작했다. 얼토당토않은 꿈 하나 때문에 바다 건너 이국까지 와서 고작 이렇게 살고 있다는 말인가? 경찰관은 그에게 점잖게 타일렀다. 나는 자네가 왔다는 콘스탄티노플의 어느 해안가에 살고 있는 꿈을 꾸었다네. 옆집에는 굉장한 미녀가 살고 있었고, 집 앞의 거대한 야자수 아래를 파 보니 보물이 나오는 꿈이었지. 하지만 꿈은 꿈일 뿐일세. 꿈을 좇아 떠난다는 건 미친 짓이지. 경찰관은 장사꾼의 어리석음을 불쌍히 여겨 고향으로 돌아갈 여비를 마련해 주었다. 우여곡절 끝에 고향으로 돌아온 장사꾼은 경찰관이 꿈에서 봤다고 말한 곳을 찾아냈다. 결국 그는 거대한 야자수 아래에서 보물을 찾고 세상 최고의 미녀를 만나 결혼했다.

이 이야기는 파코 로카의 『주름』 중에서 〈등대〉에 나오는 이야기를 부분 각색한 것이다. 어떤 사람의 이루지 못한 꿈은 다른 사람의 꿈을 이루어 준다고 한다. 삶과 여행을 일치시키고자 한 나의 꿈이 또다른 누군가의 꿈을 완성시켜 줄 것이라고 나는 믿는다.

박 로드리고 세희

Contents

Contents

#1 바람 샤워

바이칼 호수를 산책하고 있을 때였다.
숙소에서 몇 번 마주친 적이 있는 여자를 만나 인사를 나누었다.
그녀는 이내 호숫가로 내려가더니 옷을 벗었다.

"뭐해? 여기서 수영할 거야?"
"아니. 바람으로 샤워할 거야."

이렇게 멀 줄이야. 릭샤로 30분 넘게 달려왔다. 약속한 금액에서 얼마를 더 보태 삯을 치렀다. 운전수는 나를 내려주고 노점에서 담배 한 개비를 사 피웠다. 녹초가 된 자신에게 주는 선물이었다. 담배 한 대를 피우며 지친 육신을 추스르고 숨을 고르더니 케이크 한 조각을 사먹었다. 지쳐서 떨리는 손으로 케이크를 감싼 종이를 간신히 벗기고

허겁지겁 입에다 밀어 넣었다. 살기 위해서 먹는 것이었다. 세상에 이
렇게 간절한 케이크도 있다.

내가 먹는 케이크와 그가 먹는 케이크를
같은 이름으로 부르기가 부끄럽다.

#3 풍어

어부들의 축제에
초대 받지 않은 갈매기들이 찾아왔다.
소란스럽다.

누군가의 안락과 풍요를 위해서
누군가는 희생되고
눈치 빠른 누군가는 중간에서 이익을 챙기는

세상을 담은 소란한 풍경 한판.

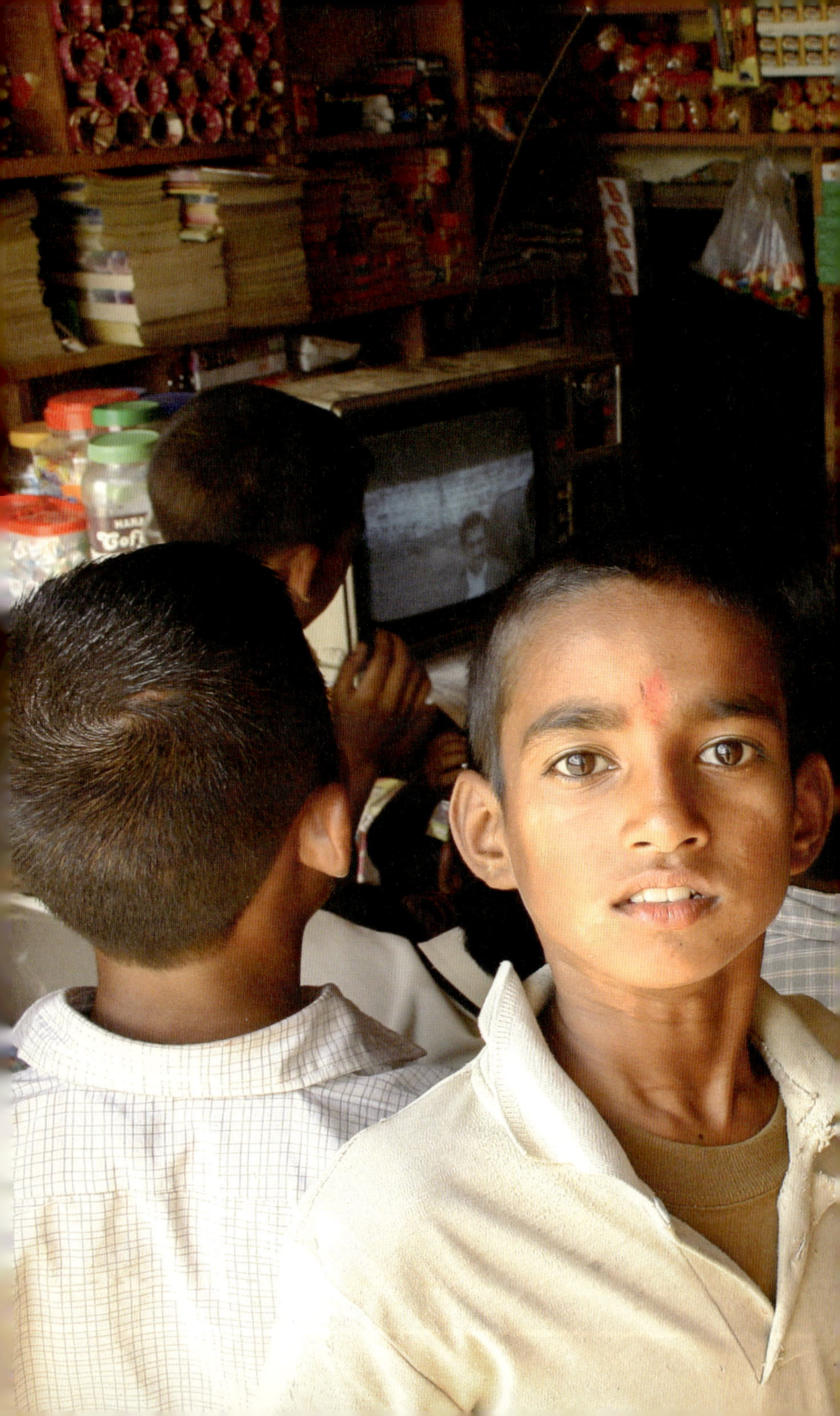

#4 훗날

남들은 다 텔레비전에 빠져 있는데 너는 나를 구경하네.
그래, 텔레비전보다는 사진사 놈을 구경하는 게 더 낫다.

망상이겠지만,
네가 훗날 사진작가가 되는 상상을 해 본다.

빵을 먹고 있던 나에게 네가 다가와서 구걸을 했지.
나는 그럴 때면 항상 마음이 복잡하다.
너에게 동전 몇 푼을 쥐어 주는 건 쉬운 일이면서도 어려운 일이야.
당장 눈앞의 너의 어려움을 생각하면 돈을 줘야 하는 게 맞겠고
너의 미래를 생각하면 돈을 주지 말아야 하니까.

나는 얼른 결정을 내리지 못했고, 대신에 빵을 함께 먹자고 했지.
너는 실망스런 표정을 지으면서도 나와 함께 빵을 먹더라.

빵을 다 먹고 우유도 다 마시고 사진 한 장 찍으려고 하는데,
너는 그렇게 우울한 표정으로 있다가
대번에 모델 같은 포즈를 잡데.

나는 좀 당혹스러웠어.
구걸하던 아이의 모습은 오간 데 없이 눈부신 미소가 피어났으니까.
네가 커서 예멘을 대표하는 모델이 되는 상상을 해 본다.

#5 그림자 놀이

외롭다 미쳐 그림자하고 논다.

#6 영화의 순간들

숙소의 창문을 열면 즉시 영화가 상영된다.

* * *

조용한 시골 동네였다. 텅 비어 있는 구멍가게에 들어가 홍차 한잔을
마시며 쉬고 있었다. 그런데 어디서 나타났는지, 파리만 날리고 있던
가게에 사람들이 꽉 들어찼다. 나를 구경하러 온 사람들이었다. 그들
에겐 내가 영화였고, 나에겐 그들이 영화였다.

* * *

트럭을 개조한 버스에 몸을 움츠릴 대로 움츠리고 겨우 앉아 있었다. 옆 사람의 팔뚝과 내 팔뚝이 딱 붙어 있을 정도로 사람들이 많았다. 미얀마는 덥고 습한 나라였다. 옆 사람이 흘린 땀이 내 땀구멍으로 역류했다. 옆 사람이 뱉어 낸 숨을 내가 들이마셔야 했다. 여행하기 참 힘드네. 이 사람들은 늘 이렇게 사는 건가?

　타고 있는 것도 힘들었지만 내리는 건 더 힘들었다. 나 하나 내리려고 수십 명이 내렸다가 다시 포개졌다. 그들과 작별 인사를 나누고 내렸지만 뭔지 모를 아쉬움이 남았다. 길을 가다 말고 문득 뒤돌아봤더니 사람들 몇 명이 손을 흔들어 준다. 아무것도 아닌 일이지만 감동적이었다. 여행은 내가 주인공인 영화였다.

#7 히말라야를 넘는 법
Kashgar, China
히말라야를 넘는 법
Kashgar, China

　중국의 서쪽 끝, 카슈가르에서 키르기스로 가는 버스를 기다리는 중이었다. 저 멀리 히말라야산맥이 보였다. 저 고개만 넘으면 본격적인 서쪽 세계가 열리는구나. 일 년 중 절반 이상이 눈 때문에 길이 막히는 험난한 고갯길. 히말라야가 바로 실크로드의 정점이다. 실크로드를 개척하라는 한무제의 명을 받은 장건도 내가 서 있는 여기서 히말라야를 바라보며 아득했을 것이고, 불법을 구하기 위해 서역기행을 나선 현장법사도 여기서 몇 번을 주저했을지 모른다.

　히말라야산맥은 아시아의 동과 서를 완전하게 나눈다. 에둘러 갈 틈조차 없는 거대한 산맥을 눈앞에 두고 막막해했을 그들을 생각하면 저절로 숙연해진다. 얼마나 많은 사람이 히말라야에 목숨을 바친 뒤에야 실크로드가 열리고 불경이 전수되었을까. 여태 여행하며 많은 국경을 넘어 보았지만 히말라야를 넘어 서쪽 세계로 가는 이곳만큼 감회가 남다른 곳도 없다.

어지간한 경제성장을 이룬 나라가 아니면 장거리 버스가 제 시간에 출발하는 일은 드물다. 하물며 국경을 넘는 버스는 오죽하랴. 양쪽 나라의 출입국 절차를 거치는 게 번거롭고 비용도 만만치 않으니 승객이 꽉 찰 때까지 기다리기 때문이다. 하루고 이틀이고 기다리는 경우도 다반사다. 이번 버스는 기약도 없이 며칠을 더 기다려야 할까. 몇 번의 아찔했던 기억이 떠올라 잔뜩 겁먹고 있었는데, 다행히 승객이 꽤 금방 찼다. 역시, 세계 경제의 새로운 중심으로 떠오르는 중국인지라 유동 인구도 많은 모양이었다.

중국과 키르기스스탄을 오가는 버스지만 승객 대부분은 우즈베키스탄 사람들이었다. 그들은 하나같이 큰 보따리며 박스를 몇 개씩 들고 버스에 올랐다. 전문적인 보따리 상인은 물론이고 중국을 다녀가는 길에 오만 가지 생필품을 장만해 가는 여느 사람들이었다. 사람이 타야 할 버스를 보따리가 가득 채우고 있는 모습은 오래된 기억을 재현하는 풍경이었다.

고향이 부산이어서 그런지, 내가 어릴 때만 해도 일본을 오가며 보따리 무역을 하시는 분들을 어렵지 않게 볼 수 있었다. 보따리 속에서 특별한 것들이 나오는 건 아니었다. 그저 그렇고 그런 생필품이 대부분이고 약간의 전자제품이 섞여 있는 정도였다. 딱히 귀한 것 같지도 않은 커다란 보따리를 메고 낑낑대며 바다를 건너는 사람들을 이해할 수 없었다. 하지만 어른이 된 지금의 나는 그들을 어렵지 않게 이해한다. 한국은 일본의 것을 욕망하는데 중국은 한국의 것을 욕망하고, 우

즈베키스탄은 중국의 것을 욕망한다. 물론 한국과 일본과 중국에서 만드는 물건의 수준 차이가 예전만큼 뚜렷한 것은 아니지만, 그러한 시절이 있었던 게 분명하고 지금도 미묘하게 남아 있는 정서다.

인도판과 유라시아판이 만나던 오래전 지구의 역사를 추억하자면 지난 몇백 년은 티끌로도 표현 못할 미미한 시간이다. 세계는 국가 단위로 나뉘어 서로 등을 돌리지만, 국가를 구성하는 사람들은 욕망의 삼투압으로 국가 간의 경계를 지워 나간다. 캄보디아 사람들은 방콕에 가서 일하고 싶어하고 태국 사람은 서울에 가서 일하고 싶어한다. 그리고 서울 사람들은 뉴욕에 가서 일하고 싶어한다. 사람들의 욕망은 국경을 넘어 흐르고 흘러 세계를 돌고 돈다.

버스에는 우즈베크인 말고도 몇 명의 키르기스인과 중국인, 여행 중인 유대인, 그리고 내가 포함되어 있었으니 정말로 국제적인 버스였다. 우즈베크인들은 종점인 키르기스스탄에 도착하면 버스를 갈아타야 했다. 국경을 한 번 더 넘어야 고국에 도착하는 것이다. 사방으로 국경이 막힌 한국의 청년에게는 그저 신기한 일이었다.

포장되지 않은 울퉁불퉁한 길을 달리는 버스는 어찌나 출렁대던지, 마치 풍랑을 만난 배 같았다. 히말라야산맥에 낸 길이 매끄러울 거라 상상했다면 대단히 큰 오산이다. 맨 뒷자리에 누운 나는 격한 흔들림 때문에 온몸이 붕붕 떠오르고 내리꽂히기를 반복했다. 북어를 두들겨 패도 이 정도는 안 하지 싶을 정도로 연신 패대기질이었다. 숨쉬기가 힘들었다. 과장이 아니라 정말 숨을 못 쉴 정도였다. 이런 상태로 서른 시간을 가야 하다니. 나는 차라리 실신하고 싶었다. 그것 말고는 고통을 견딜 방법이 없었다. 그 바람은 얼마 지나지 않아 저절로 이루어졌다. 나는 곧 실신과 다름없는 깊고 무거운 잠에 빠져들었다.

　"친구, 친구!"

　어디선가 들려오는 한국말에 눈을 떴지만 만신창이인 몸은 전혀 말을 듣지 않았다. 낮에 인사를 나눴던 우즈베크인 친구가 나를 흔들어 깨웠다. 한국에서 2년 일했다는 그는 약간의 한국말을 할 줄 알았다. 얼마나 피곤했던지 온몸을 깁스한 환자처럼 몸을 가눌 수 없었다. 누워서 눈만 말똥말똥 굴려서 보니 버스는 멈춰 있었고 사람이 아무도 없었다. 무서웠다. 꿈인지 생시인지 분간이 안 됐다. 창밖은 먹으로 세상을 지워 놓은 것처럼 새카맸으니, 꼭 실없는 괴담에 나오는 유령 버스 같았다. 이야기로 들을 때는 시시했지만 막상 그런 버스 안에 혼자 있으려니 모골이 송연해졌다. 나는 벌떡 일어나 베개로 삼고 있던 재킷을 서둘러 챙겨 입으며 달려 나갔다. 버스에서 내리니, 맙소사. 칠흑처럼 까만 밤을 배경으로 하얀 눈이 펑펑 쏟아지고 있었다. 아찔할 정도로 아름다운 풍경이었다.

　하지만 버스가 더 아찔한 상태였다는 게 문제였다. 눈길에 미끄러져 고랑에 빠진 것이었다. 모두 버스에 달라붙어 이리 밀고 저리 밀고 난리를 쳤다. 꽁꽁 얼어붙은 쇳덩이 버스에 나도 두 손을 갖다 대고 밀었다. 모두가 수천 번은 족히 밀었을 텐데 버스는 철옹성 마냥 버티고 있었다. 사람들은 아무런 말도 하지 않았다. 까만 밤에다 대고 새하얀 입김만 토해내며 밀고 또 밀었다. 기진맥진한 사람들은 하나둘씩 버스에 다시 올랐다. 몸을 피하긴 했지만 애초에 난방장치가 없는 고물 버스라서 안이나 밖이나 춥기는 매한가지였다. 사람들은 여전히 쥐 죽은 듯이 조용했고 뜨거운 입김만 뿜어댔다. 그래도 눈과 바람을 막아 주는 게 어딘가. 이미 몇 사람은 까딱까딱 고개를 박으며 까무룩 졸고 있었다. 나도 스르르 졸음이 몰려왔다. 지칠 대로 지친 버스 안의 사람들에게 전염병처럼 잠이 퍼지고 있었다.

이러다가는 다 죽겠다 싶었는지 어느 용맹한 사람 하나가 다시 나서서 사람들을 선동했다. 어기적어기적 밖으로 나갔더니 검은 하늘은 더욱 격렬하게 새하얀 눈을 쏟아붓고 있었다. 이런 악조건 속에서 꿈쩍도 않는 버스를 밀어야 하는 건 끔찍한 일이었다. 만 번을 밀면 버스가 빠져 나온다는 기약이라도 있다면 힘이 나겠건만 그럴 리 없으니 더욱 무기력해졌다. 그러나 밀어 보는 것 말고 할 수 있는 게 없으니 사람들은 묵묵히 밀었다. 다들 속마음은 바닥에 주저앉아 펑펑 울고 싶었을 것이다. 우리는 사실상 조난을 당한 것이었다. 나는 가방 안에 식량으로 삼을 만한 것이 얼마나 있는지 떠올렸다. 하지만 그게 무슨 소용이람, 나 혼자 야금야금 먹을 것도 아닌데. 버스에 탄 사람은 수십 명이었다. 나는 어떻게 하면 구조될 수 있을지 궁리하고 있었지만 다른 사람들은 여전히 필사적이었다. 여행자는 배낭 내려놓는 그곳이 집이고 삶이지만 이들은 가족에게 돌아가야 한다. 그들은 집에 남겨진 뜨거운 피붙이를 생각하며 버스에 달라붙어 처절하게 밀고 또 밀었다. 그리고 기어이 기적의 조짐이 보였다. 사투라 부를 만한 끔찍한 몸부림 끝에, 화가 난 거인처럼 꿈쩍 않고 버티던 버스가 조금씩 조금씩 움직이기 시작했다. 아…… 나는 말 못하는 바보처럼 감탄사 한마디만 터트린 채 놀라운 광경을 지켜봤다.

까만 밤이 여명에 물들 즈음, 우리를 허락하지 않을 것 같던 고갯길이 활짝 열렸다. 눈이 그쳐 하늘도 열리고 길도 열리고. 기어이 버스를 길 위에 바르게 올려놓은 사람들은 우즈베크어, 키르기스어, 위구르어, 중국어, 러시아어, 영어, 그리고 나의 한국어까지 여러 언어의 난무 속에 악수와 포옹을 나누며 축제를 벌였다. 한겨울 히말라야 산 속에서 벌어진 축제는 브라질의 카니발보다 뜨거웠다.

영원히 잊을 수 없는 이 지독한 고개의 이름은 이르케쉬탐이다. 잔인했던 이르케쉬탐 고개는 중국과 키르기스스탄의 국경을 나눈다. 고개를 사이에 두고 이쪽은 중국이고 저쪽은 키르기스스탄인데, 자연의 고개에 실제로 선이 그어져 있는 건 아니다. 위성사진을 아무리 들여다봐도 지구 땅 위에는 아무런 경계선이 없다. 국경은 오직 지도에만 존재하는 가상의 경계일 뿐이다. 하지만 누군가 허락 없이 그 선을 넘으면 당장에 총이 겨누어진다. 새나 짐승이 지나갈 때는 그러지 않으면서 말이다.

밤새 버스와 씨름했던 우리는 마침내 중국 측 국경에 도착했다. 살벌한 기운이 감도는 국경이었다. 세관 직원이 보따리마다 세금을 매겼다. 중국의 관세법이 어떻게 되는지 모르겠지만, 중국을 나가는 보따리 물건에 세금을 매기는 게 억지스러워 보였다. 보따리 안에 든 물건이 뭔지 살피지도 않고 제멋대로 세금을 매겼다. 심지어 내 여행 배낭에도 세금을 매겼다. 명백한 착취였다. 깡패 같은 놈. 나는 들은 척도 하지 않고 보란 듯이 당당하게 세관을 빠져나왔다. 내 한 몸 건사할 정도의 강단은 나에게도 있었다. 하지만 상인들은 세관원과 악다구니하며 격렬하게 다투다가 결국에는 쌈짓돈을 내어 줄 수밖에 없었다. 고국으로 돌아가야 하는데 막아서서 보내 줄 수 없다고 하니 얼마나 분했을까. 통관 절차를 마치고 버스에 다시 오른 사람들은 붉게 상기된 얼굴로 씩씩거리며 분을 삭이지 못했다. 지독하게 피곤해 보였다. 지난밤에 죽을 고생을 해서 겨우 국경에 닿았더니 또 다른 봉변이 기다리고 있었으니.

우여곡절 끝에 국경을 통과한 버스는 종점에 도착하기 직전, 허름한 식당에 들러 마지막으로 쉬었다. 식당에는 담벼락을 대신해서 집 주위로 작은 도랑을 하나 파 놓았다. 사람들이 하나둘씩 모이더니 흐르는 물을 손으로 떠 마셨다. 도시에서 나고 자란 나에게는 생경한 일이었다. 나는 쪼그려 앉아 도랑에 흐르는 물을 내려다봤다. 마셔도 될까? 조심스럽게 손을 담갔다. 도랑물이 손등을 간지럽히며 졸졸졸 흘러갔다. 맑은 물이었다. 두 손을 오므리고 조심스럽게 물을 떠서 마셨다. 생각지도 못한 자연의 선물이구나. 그러고 보니 죽을 고생을 하면서 이르케쉬탐 고개를 넘은 것도 우리가 자연과 어우러져서 함께 살아야 한다는 가르침이었다. 설봉을 머리에 이고 솟아 있는 히말라야를 수월하게 넘는다는 것 자체가 어불성설이니, 자연의 이치에 따른 고생이었구나. 눈물이 찔끔 날 정도로 물맛이 상쾌했다.

#8 뜨거운 사람들

빵빵빵. 다 비키라고 고함을 지르는 버스에 사람들은 아랑곳 않고 맹렬하게 달려들었다. 이렇게 서두르는 걸 보니 만원 버스로 악명 높은 노선인 게 분명했다. 등과 배에 하나씩 배낭을 멘 나는 잰걸음으로 뒤뚱거리며 열심히 버스를 따라갔지만 현지인들의 가볍고 노련한 걸음을 당할 수 없었다. 자리에 앉아 가기는 애초에 포기했고, 탈 수 있을지조차 모르는 상황이었다. 줄에서 하염없이 밀려나던 나는 전략을 바꿔 악마의 가면을 썼다. 젖 먹던 힘까지 다해 용을 쓰며 사람들을 헤치고 버스에 겨우 올랐다. 이 정도면 세계신기록이겠다 싶을 정도로 승객들이 많았다.

땀을 삐질삐질 흘리며 숨도 제대로 못 쉬고 있는데 어디선가 소란이 일었다. 몸을 돌릴 공간조차 없어 곁눈질로 보니 사정은 이랬다. 각각 자리 하나씩을 차지한 아저씨와 초등학생쯤으로 보이는 그의 아들을 향해 어떤 아줌마가 자리를 하나 내놓으라고 실랑이 중이었다. 세계신기록을 세우는 이 마당에 반 토막만 한 녀석이 자리를 하나 차지한 게 못마땅한 모양이었다. 그들의 언어를 전혀 알아들을 수 없지만, 아저씨도 나름 대단한 방어 논리가 있는지 설전이 막상막하였다. 터질 듯이 팽팽한 긴장감으로 버스는 부풀고 있었다.

승객이 싸우거나 말거나 버스는 출발했고 소란은 잦아들었다. 그런데 버스가 몇 분 달리다 말고 갑자기 멈춰 섰다. 뭐지? 상황을 파악한 나는 실소가 터졌다. 길에는 이 버스에 타려는 사람들이 다시 또 한가득 기다리고 있었다. 정말로 한가득. 이미 세계신기록을 달성한 것 같은데, 딱 그만큼의 사람들이 더 기다리고 있었다. 나라를 탈출하는 마지막 버스에 오르려는 난민처럼 사람들은 필사적이었다. 창문을 넘어 버스에 타고 지붕 위에 오르는 등 난리가 아니었다.

설전을 벌였던 아저씨의 큰아들도 창문을 넘어 들어왔다. 아하, 그러니까 저 자리는 두 아들의 몫이었던 것이다. 한 자리에 아이 둘이 앉으면 아줌마도 이해해 주지 않을까? 혼자 생각하고 있었는데, 아줌마에게도 치명적인 원군이 당도했다. 창문을 통해 넘겨지는 갓난아기를 아줌마가 받는 중이었다. 거의 전운에 필적하는 긴장감이 돌았다. 아줌마는 아기를 안고 엄청난 고음으로 소리를 지르며 부자에게 결정타를 날렸다. 나까지 흠칫할 정도였으니, 진정한 사자후였다. 큰아들은 벌떡 일어나 자리를 비켰고 작은아들은 아빠의 무릎으로 옮겨 앉았다. 홍해가 갈라지듯 열린 자리에 아줌마가 앉고 대뜸 앞섶을 풀어 젖히더니 아기에게 젖을 물려 버렸다. 나는 손뼉을 칠 뻔했다. 아줌마, 완벽하게 이기셨어요.

한 시간쯤 달리던 버스는 또 멈춰 섰다. 이번에는 타이어에 구멍이 났다. 사람을 이렇게 많이 태웠으니 여태 버틴 것도 신기한 일이었다. 스무 살 남짓으로 보이는 어린 차장은 한숨을 짧게 뱉었다. 그 태연

한 한숨을 보니 매일같이 일어나는 일인 것 같았다. 차장은 즉시 작업에 착수했다. 온몸을 다 활용해 매달리고, 발로 차고, 누르기를 반복하더니 그 육중한 타이어 하나를 완전히 분해하고 새 타이어로 금세 바꿔 버렸다. 일련의 동작이 어찌나 능숙하고 화려한지 한 편의 쇼를 구경하는 듯했다. 타이어를 바꾸는 동안 사람들은 주변을 산책하기도 했고, 어디론가 숨어서 참았던 볼일을 보기도 했다. 대부분은 버스 주위에 삼삼오오 모여 타이어 고치는 걸 구경하며 생면부지의 이웃들과 이야기꽃을 피웠다. 마치 휴게소에 들른 것 같았다. 어차피 닦달한다고 해서 구멍 난 타이어가 멀쩡해지는 것도 아니고, 저리 열심히 고치고 있으니 뭐라 하겠는가.

한국이라면 아마 난리가 났을 것이다. 사람들은 오만상을 찌푸리고 정신적, 물질적 피해 보상을 운운하며 관계자를 채근했을 것이다. 한 사람의 초조는 옆 사람에게 전해져 짜증이 되고 그것은 다시 분노와 신경질로 몸피를 키워 결국 모두를 불쾌하게 만들었을 것이다. 나도 화를 내며 관리 소홀의 책임을 물었겠지. 사고를 대하는 이곳 사람들의 온화한 태도가 한국 사회와 선명하게 비교되었다. 거기까지 생각하다 혼자서 민망해진 나는 얼굴이 화끈거렸다.

'타이어 교체 쇼'를 끝내자 승객들은 환호성을 질렀다. 차장은 뒷정리를 마치고 바가지에 물을 조금 받아 가루비누 한 움큼을 풀고는 손과 팔의 시커먼 기름때를 대충 닦았다. 그러고는 마저 헹구지도 않은 채 승객들을 다시 버스에 태우느라 바빴다. 자기보다 한참 나이 많은 승객들을 채근하며 버스에 태우는 모습이 꼭 양떼를 모는 목동 같았다. 마지막 승객까지 태운 차장은 버스에 오르더니 쾅 소리 나게 문을 닫고 상황 종료 선언을 했다.

버스는 다시 출발했고 나는 출입문 계단 쪽에 새 자리를 얻었다. 어린 차장은 아직 마르지 않은 땀을 옷소매로 훔쳐 내며 숨을 돌리고 있었다. 그러던 중 나를 발견하고는 인사를 건네더니, 자기 자리를 나에게 양보했다. 의자라고 하기에는 조금 민망하고 엉덩이를 겨우 걸칠 수 있는 작은 공간이긴 했지만. 내가 물었다.

"너는?"

"나는 서서 갈게."

그 자리에 앉을 생각은 전혀 없었지만 말문이 막혀 얼른 대답이 나오지 않았다. 물론 우리가 공유한 언어는 눈짓, 손짓을 동원한 보디랭귀지였다. 나는 팬터마임을 하듯 온몸으로 말했다.

"정말 고맙지만 이건 네가 앉아야 할 자리야."

외국인 손님이라고 그렇게도 호의를 베풀고 싶은 걸까? 겨우 자리를 사양했더니 이번에는 비닐봉지에서 난(이슬람권에서 주식으로 먹는 둥글고 넓적한 빵)을 하나 꺼내더니 기름때가 피부에 배어 버린 투박하고 거친 손으로 똘똘 말아 반을 뚝 떼어 내서 하나는 자기 입에 가져가고 하나는 내게 건넸다. 엉겁결에 빵을 받아 들었다. 손에 빵을 받아 들고 한참이 지나서야 나는 한 입, 두 입 천천히 베어 물었다. 목이 메었다. 마실 거리 없이 빵을 먹어서 목이 메인 게 아니었다. 더러워서 목이 메인 것도 아니었다. 청년의 삶이 너무 뜨거워서 목이 메었다.

가짜 악사

Tāshkurghān, China

그는 저 악기를 연주할 줄 모른다.

그럼에도 카메라 앞에서 수줍은 미소와 함께 멋드러진 연주 시늉을
해준 아저씨는 정체가 복잡한 사람이었다.

그를 만난 곳은 중국 신장의 타슈쿠르간이라는 마을이었다. 일단 신
장은 위구르인들이 모여 사는 자치주인데, 중국이 아니라고 여겨도
무방할 정도로 독자적인 문화를 가진 곳이다. 그리고 타슈쿠르간은
파키스탄과의 국경이 있는 곳이라, 중국과 파키스탄 두 나라 사람들
의 왕래가 잦은 곳이었다. 그러나 아저씨는 다소 엉뚱하게도 키르기
스 민족이었다.

아저씨를 설명하기 위해 벌써 몇 개의 민족과 나라가 동원되었나. 혈
통은 키르기스라 치고, 그렇다면 국적은 어디일까? 나는 아저씨를 조
금 더 알고 싶어 질문을 마저 이어갔지만 한순간에 그만두어 버렸다.

그게 다 무슨 소용인가, 그냥 아저씨면 족하거늘.

#10 내 사전에 상식이란 없다

Kirgizstan

여행이 마냥 즐거운 것만은 아니다. 특히 장기여행은 더욱 그렇다. 내가 가장 괴로웠던 것은 비자를 받는 일이었다. 나라마다 공관에서 일을 처리하는 방식이 다르고 태도도 달랐기 때문에 어디에 장단을 맞춰야 할지 헷갈렸다. 한국인은 유럽 대부분의 나라에서 비자 없이 여행할 수 있고 동남아도 무비자이거나, 현지에 도착하면 따지지 않고 비자를 발급해 준다. 하지만 중동과 중앙아시아에서 한국인은 비자 받기가 무척 까다로웠다. 한국 대사관의 추천서에서부터 왕복 교통편 티켓까지, 첨부해야 하는 서류가 정말 많았다. 사실 그런 것들이야 준비하면 되지만, 비자를 접수해 놓고 기다리는 시간 자체가 너무 길어서 끔찍했다. 보름을 기다리는 건 예사였다. 그래도 기다려서 비자를 받을 수만 있다면 괜찮다. 가장 끔찍한 것은 비자 거부율이 높다는 것이다.

키르기스스탄에서 우즈베키스탄 비자를 받으려 할 때였다. 아침 일찍 달려갔지만 대사관 앞은 줄을 선 사람들로 이미 장사진이었다. 오늘 하루도 줄에서 다 보내게 생겼구나. 그나마 접수라도 하면 다행이었겠지만, 안타깝게도 내 차례가 오기 전에 대사관은 문을 닫았다.

다음 날은 더 일찍 대사관으로 갔다. 하지만 그 날은 줄 선 사람이 하나도 없었다. 대사관을 지키는 경비가 뭐라 뭐라 하는데 통 알아들을 수 없는 키르기스어였다. 오늘은 비자 접수를 받지 않는 날인 것 같았다. 나는 키르기스스탄에 체류할 수 있는 기간이 곧 만료되는 상황이어서 얼른 우즈베키스탄 비자를 받아야 했다. 오늘은 기다려 봐야 소용없다는 걸 뻔히 알면서도 하염없이 기다렸다. 언제 접수를 할 수 있는지, 비자를 받기 위한 정보라면 무엇이든 얻고 싶었다.

경비 아저씨가 연락을 했는지, 직원 한 명이 나와서 뭐라 뭐라 떠들었다. 이번에는 우즈베크어인 듯했다. 나는 영어를 할 줄 아는 직원을 만나게 해 달라며 간절한 눈빛을 지어 보였다. 그가 알아들은 것일까? 기다리라는 의미로 짐작되는 몸짓을 보여 주고는 대사관 안으로 사라졌다.

담배만 뻑뻑 피우며 초조하게 두어 시간을 보냈다. 그제서야 어느 백인 여자가 나왔다. 이제 구원 받는구나 싶었다. 하지만 그녀가 혀를 굴리며 뱉은 말은 러시아어였다. 우즈베키스탄은 구소련 연방이었기 때문에 대부분의 지식인은 러시아어를 구사했고 영어는 취급도 하지 않았다. 불법체류로 잡혀가지 않으려면 어떻게든 비자를 받아야 하는데, 나는 절박했지만 달리 방도가 없었다.

다음 날은 새벽 4시에 대사관에 가서 줄을 섰다. 오늘은 비자 접수를 받는 날인 모양이었다. 줄 서 있는 사람이 몇 명 보였다. 나는 일곱 번째로 줄을 서게 되었다. 오늘은 접수할 수 있겠구나. 하지만 웬걸 또 뭔가가 이상했다. 내 앞에 서 있던 사람들은 한 시간에 한 명 정도 겨우 들어갔고, 나보다 나중에 온 사람들이 호명을 받고 자꾸만 먼저 들어가는 것이었다. 그들은 비자 대행 업무를 보는 사람들인 것 같기도 했고, 뇌물을 먹여 호명을 받는 것 같기도 했다. 구체적인 내막은 알 길이 없었다.

오후가 되자 내 앞에 서 있던 사람들은 이제 모두 들어가고 없었다. 이제는 내가 일 번이었다. 일 번이 된 지 한참이 지났건만 여전히 내 뒷사람들이 호명을 받고 들어갔다. 저 사람들은 다른 볼일 때문에 들어가는 건가? 말이 하나도 안 통해서 따질 수도 없고 물어볼 수도 없었다. 초조하고 찜찜하게 문 앞을 서성이는데 내 눈앞에서 믿을 수 없는 일이 벌어졌다. 대사관이 문을 닫으려는 것이었다. 말도 안 되는 일이었다. 새벽 4시에 와서 일곱 번째로 줄 서 있던 내가 못 들어가다니. 분통이 터졌다. 미치기 일보 직전이었다.

그때였다. 누군가 뒤에서 뛰쳐나와 닫히고 있는 문을 막아섰다. 열한 번째로 서 있던 미국인 친구였다. 그는 분노에 가까운 항의를 하며 막무가내로 대사관 안으로 들어갔다. 다 부수려고 쳐들어가는 느낌이었다. 나는 기회를 놓치지 않고 그의 뒤에 따라 붙으며 일행인 척 들어갔다. 미국인 친구가 불같이 화를 내니까 경비도 제지하지 않고 들여보내 주었다.

아, 끝내 들어오고 말았구나. 천국에 마지막으로 입장한 사람이 된 기분이었다. 미국인 친구와 나는 기세등등하게 비자 신청서를 집어 들었다. 천국에 턱걸이한 기쁨은 딱 거기까지였다. 우리는 순식간에 표정이 굳어질 수밖에 없었다. 비자 신청서는 러시아어로 작성되어 있었던 것이다. 빼곡히 들어찬 러시아어가 우릴 보고 키득키득 비웃는 것 같았다. 이 기백 좋은 미국인 친구는 창구의 직원을 붙들고 영어로 한참을 떠들었다. 영어를 한마디도 못 알아듣는 사람에게 말이다. 결국 직원은 소리를 빽 지르더니 문을 꽝 닫고 들어가 버렸다.

비자 받기 진짜 힘들구나. 미국인 친구와 나는 대사관을 나와 담벼락에 쪼그리고 앉아 말없이 담배를 피웠다. 정적을 깨고 그가 말했다.

"They need a translator."

여기엔 통역관이 있어야 해. 맞는 말이었다. 명색이 대사관인데 영어를 쓰는 사람이 하나도 없다니. 상식에 어긋나는 일이었다. 그런데 참 이상했다. 그가 뱉은 말은 무척 짧았지만 여운이 길게 남았고 공기 중으로 쉽사리 흩어지지 않았다. 자꾸만 되뇌이게 만드는 문장이었다. 그 문장은 결국 부메랑이 되어 내 뒤통수에 꽂혔다.

대사관 직원도 아마 우리를 보며 'They need a translator'라고 생각했을 것이다. 서로 같은 문장을 외치며 싸운 꼴이었다. 우리가 화해하려면 주어를 바꾸고 문장을 다시 써야 했다. 문제의 원인을 타자가 아니라 나에게 두는 문장으로. I need a translator.

따지고 보면 우즈베키스탄 대사관에서 꼭 영어를 써야 할 이유는 없다. 영어가 세계 공용어이기는 하지만 우즈베키스탄 대사관에서 영어를 써야 하는 게 나의 상식이지 우즈베키스탄의 상식은 아니지 않나.

나는 곧장 시내의 여행사를 찾았다. 문의하니 약간의 수수료를 내면 비자 신청서를 번역해 주고, 내 답변을 러시아어로 작성해 주겠다고 했다. 의외로 해결은 간단했다. 주어를 바꾸면 되는 일이었다.

나폴레옹은 자신의 사전에 불가능은 없다고 했다. 이제 내 사전에는 '상식'이란 단어가 없다. 여행이 내 머릿속에서 그 단어를 지웠다. 상식이란 자기 합리화의 한 방편일 뿐이다. 무슨 문제가 생기거나 타인과 마찰이 생겼을 때 우리는 쉽게 말하고는 한다.

"그거 상식 아니에요?"

하지만 여행을 해보니 세계가 공유하는 상식이란 없었다. 나라마다 법이 다르고 정서가 다르다. 싱가포르에선 껌을 팔지 않는다. 네덜란드는 마약이 합법이지만 어떤 나라는 마약을 운반만 해도 중형을 받는다. 한국에선 몇 년 전만 해도 식당에서 담배 한 대 피우는 게 어렵지 않았지만, 지금은 상식을 벗어난 일이고 법으로도 금하고 있다. 상식은 늘 변한다. 상식은 자기 안에서만 통하는 헛된 믿음이다. 그 상식을 타인에게 강요하는 순간 상식은 폭력이 된다.

 여행은 고독을 선물한다
Uzbekistan

　중앙아시아는 언어와 문화가 엇비슷하면서도 엄연히 다른 나라들로 이루어져 있다. 국경을 넘나드는 게 중앙아시아 여행의 참맛이다. 하지만 그 맛을 느끼려면 대가 또한 톡톡히 치러야 한다. 그렇게 고생을 해서 우즈베키스탄 비자를 받았는데, 우즈베키스탄에서는 또 투르크메니스탄 비자를 받느라 고생이었다.

　투르크메니스탄은 지독하게 폐쇄적인 나라였다. 구소련 연방이 붕괴된 후 1991년에 독립한 나라인데, 종신대통령 사파르무라트 니야조프는 기행으로 악명이 높았다. 독재에서 그치지 않고 숭배를 강요하는 대통령이었다. 그는 자신을 투르크멘의 아버지라 자칭하며 구세주라고 묘사하기를 서슴지 않았고, 직접 경전을 써서 정규교육 과정에 포함시키기도 했다. 국가의 수장이 아니라 신흥종교의 교주로 착각한 모양이었다. 그리고 중앙아시아 사람들이 그렇게 좋아하는 서커스와 발레, 오페라를 금지하고 외국에서 학위를 받은 교사와 의사를 해고하거나 국외로 추방시켰다고 한다. 심지어 턱수염과 장발을 금지하고 금니도 못하게 했다. 가장 압권은 자신이 심장수술 후 담배를 끊자 온 나라의 거리를 금연구역으로 만든 것이다. 세상에는 정말 별의별 사람이 다 있구나. 그는 결국 심장마비로 죽고 최측근이 새로운 대통령으로 선출되었지만, 독재의 철퇴는 멈추지 않았다. 투르크메니스탄의 수도인 아슈하바트에는 황금으로 도금한 독재자의 거대한 동상이 즐비했었다.

석유와 천연가스의 매장량이 세계적으로도 손꼽히는 투르크메니스탄은 가진 게 많아서인지 외국인에게 고압적인 태도를 보이며 개인 관광 비자를 발급하지 않았다. 단체 여행만 가능했는데, 가이드를 대동해야 했고 지정된 호텔에 묵어야 했다. 북한하고 같았다. 사실 한국과 미국 국적만 아니면 가이드의 보호 (혹은 감시) 아래 북한도 여행할 수 있다. 북한과 투르크메니스탄 두 나라 모두 떳떳하지 못한 게 많아서 그럴 것이다.

다행히 투르크메니스탄은 통과 비자(Transit Visa)를 발급해 줬다. 딱 5일만 체류할 수 있는 비자였다. 자국을 경유해서 제3국으로 입국하는 것을 증명해야 발급해 주는 비자였다. 통과 비자를 받는 것만 해도 감지덕지이긴 했지만 지나치다 싶을 정도로 절차가 복잡했다. 여행이고 뭐고 다 때려치우고 싶을 정도였으니.

겨우겨우 비자를 발급받던 날이었다. 드디어 끝났구나. 다리에 힘이 풀려 대사관 땅바닥에 주저앉고 싶을 정도로 정신적으로 탈진해 있었다. 어떻게 돌아왔는지 모르게 겨우 숙소로 돌아왔다. 숙소 방문을 열었더니 기다렸다는 듯이 고독이 덮쳐왔다. 늦은 오후의 어둑한 빈방은 쓸쓸함으로 가득 차 있었다. 곁에는 아무도 없었고 어제 먹다 남긴 콜라병만이 오도카니 서 있었다. 핵폭탄보다 무서운 것이 외로

움이라고 했던가. 내 발로 집을 나와서 이게 무슨 고생인가. 중앙아
시아는 여행자 자체가 드물었고, 내가 있던 숙소는 타지에서 온 노동
자들이 이용하는 곳이라 낮에는 텅 비어 쥐 죽은 듯이 조용했다.

침대에 걸터앉아 한국으로 돌아가는 상상을 했다. 아니면 그냥 울
어 버릴까. 기한이 없는 여행이었으니 내가 마음먹는 순간이 여행의
끝이었다. 정해진 귀국편 비행기 표도 없으니 언제든 여행사에 가서
발권만 하면 그만이었다. 오늘처럼 극단적으로 힘든 일이 있을 때만
집에 돌아가는 상상을 한 건 아니었다. 어디서 무얼 하든, 아무리 즐
겁고 흥겨워도 외로움은 항상 나를 따라다녔다. 사실은 단 하루도 빠
짐없이 돌아가는 상상을 했다. 여행을 계속하고 싶은 마음과 집으로
돌아가고 싶은 마음은 내 안에 늘 함께 있었다.

여행은 혼자 하는 게 정석이다. 둘이 되는 순간 운신의 폭은 반으로
줄어들고 사유의 시간도 그만큼 줄어든다. 그래서 여행의 희열도 반
으로 줄어든다. 둘이기 때문에 누리는 위안과 기쁨도 좋지만 내가 생
각하는 여행의 본질은 자신을 되돌아보는 시간을 가지고 스스로 삶을
교정하는 것이다. 여행은 혼자 할 때 가장 빛난다. 하지만 혼자이기
때문에 늘 외롭다는 게 여행의 딜레마였다.

외로움은 허기를 불러온다. 오늘은 성공적으로 비자도 받고 했으니
중국식당에 가서 나를 위한 만찬을 베풀기로 한다. 삼십 대 남자의 칙
칙한 고독으로 가득한 이 방에서 빨리 탈출하고 싶었다. 나갈 채비를
하고 서둘러 방을 나섰다. 그런데 그때 갑자기 누가 내 뒷머리를 잡아
당기는 것이었다. 순간적으로 온몸의 털이 곤두섰다. 분명 아무도 없
는 빈방인데. 휙 돌아보니 역시나 아무도 없었다. 범인은 카메라 스트

랩이었다. 웃자란 내 뒷머리가 카메라 스트랩에 걸리면서 잡아당겨진 것이었다. 놀란 가슴을 쓸어내렸다. 별일이 다 있구나.

태어나서 이렇게 머리가 길어 본 적이 없었다. 긴 여행을 하느라 나 자신을 너무 방치해 두었다. 한국을 떠날 때 가지고 온 옷은 모두 버린 지 오래였고, 입고 있는 옷은 모두 현지에서 구매한 것들이었다. 그동안 몇 개의 치약과 비누를 샀던가. 손톱을 깎은 것도 몇 번이던가. 고독이 찾아올 만도 했다. 긴 여행의 필연이 고독이라면, 고독도 손님으로 맞이해야겠다.

바쁘게 돌아가는 세상에서 좋은 본성과 너무도 오랫동안 떨어져 시들어가고, 일에 지치고, 쾌락에 진력이 났을 때, 고독은 얼마나 반갑고 고마운가.

영국의 낭만파 시인 윌리엄 워즈워스의 「서곡」 한 대목이다. 고독이 찾아오는 것은 되려 감사한 일인지도 모른다. 고독은 나의 본성과 독대하는 시간이니까. 우리의 바쁜 일상은 고독마저 잊혀지게 하고, 여행은 잊혀졌던 고독을 소환한다. 젊어서 고생은 사서 한다는 말처럼 여행은 고독을 사서 하는 것이고, 고독은 곧 본연의 나를 만나는 시간이다.

고산병

Ngari, Tibet

"심한 감기를 앓고 있어요. 왜 컵라면을 안 챙겨 왔을까요? 아프니까 여기 음식을 못 먹겠어요."

인도로 여행을 떠난 후배가 보내온 문자다. 고열보다 외로움이 더 곤혹스러웠을 테지. 여행지에서 아프면 마음이 크게 위축된다. 피붙이가 없는 땅에서는 앓고 있는 나를 보듬어 줄 사람이 없으니……. 병원 치료만으로는 몸이 쉽게 낫지 않는 법이다. 사랑하는 사람들의 보살핌이 있어야 온전한 회복이 가능하다. 낯선 사람들로 가득한 여행지에서 홀로 앓게 되면 회복은 더딜 수밖에 없고, 마음은 더욱 쓸쓸해진다. 후배의 딱한 처지가 눈앞에 그려졌다. 답장으로 몇 마디 위로의 말을 보냈지만 충분하지 못했을 것이다. 멀리 인도까지 메시지를 전달해 주는 스마트폰이 대견하다만, 안타깝게도 기계가 사람의 체온까지는 전달해 주지 못한다.

나도 여행 중에 지독하게 앓았던 적이 있다. 티베트를 여행할 때였다. 라싸에서 아리로 가기 위해 침대 버스를 탔는데, 지독하게 낡은 버스였다. 자리에서 조금만 몸을 뒤척여도 매트리스와 이불에서 먼지가 폴폴 날렸다. 지난 십 년 동안 단 한 번도 세탁한 적이 없는 이불이

拉萨 ←→ 阿里

분명했다. 재채기를 연발했고 코를 풀면 개흙이라 불러도 될 만한 시커먼 콧물이 나왔다. 이래서 무사히 목적지까지 갈 수 있을까.

아리로 가는 여정은 한없이 지난했다. 운전사 세 명이 교대로 운전하며 밤새도록 달려 4박 5일을 가야 하는 먼 곳이었다. 갈 길이 멀지만 버스는 하루에도 몇 번씩 고장 나기 일쑤였고 과열된 엔진을 식히느라 종종 멈춰야 했다. 해발고도 4,000미터를 넘나드는 티베트에선 버스에 가만히 누워 있어도 숨이 찼다. 낮에는 한여름처럼 기온이 올라가는가 하면 밤에는 고드름이 얼 정도로 추웠다. 하루에 여름과 겨울을 동시에 겪으며 내 몸은 얼었다 녹기를 반복했다. 강원도 바닷가 덕장에 널린 황태가 된 기분이었다. 만신창이가 된 나는 몸이 꼭 끼이는 좁은 침대에서 끙끙대며 괴로워하는 것 말고는 할 수 있는 게 없었다.

4박 5일 동안 죽었는지 살았는지 모르게 아리에 도착한 나는 터미널에서 가장 가까운 숙소로 직행했다. 저렴한 방을 골라 들어가니 중년의 중국인 남자가 이미 침대 하나를 쓰고 있었다. 나 혼자 방을 쓰는 게 아니구나. 생면부지의 남자 둘이서 한방을 쓰는 게 당황스러웠지만 이것저것 따질 기력이 없었다. 일단 좀 쉬고 보자. 나는 침대에 드러누웠다. 그런데 한참을 쉬어도 숨을 쉬기가 버거웠다. 와인의 코르크 마개를 삼킨 것처럼 숨통이 꽉 막힌 기분이었다. 아, 이것이 고산병이구나.

나는 음식을 전혀 입에 대지 못했고 사경을 헤매며 밤새 앓았다. 하루가 지나도 차도가 없자 룸메이트 아저씨가 나를 끌고 병원으로 갔다. 이 아저씨라도 없었으면 어쩔 뻔했나. 가난해서 다행이었다. 돈을 더 내고 독방을 썼다면 영락없이 혼자 앓아야 했을 것이다. 병원을 찾기는 했지만 의사라고 해서 별다른 처방이 없었다. 고산병에는 약이 없다. 고도가 낮은 곳으로 내려가는 수밖에 없다. 그러려면 또 며칠 동안 버스를 타고 티베트를 빠져나가야 했다. 나는 죽었으면 죽었지 다시 버스를 탈 엄두가 나지 않았다. 일단 입원해서 포도당 링거를 수시로 맞았다. 다행히 병원에서 이틀을 보내고 나자 차도가 보여 퇴원할 수 있었다.

입원할 때는 룸메이트 아저씨가 있었지만 퇴원할 때는 나 혼자였다. 거의 기어서 숙소로 돌아왔다. 입맛이 전혀 없었지만 살려면 뭐라도 먹어야 했다. 입원해 있을 때부터 생각나는 음식이 딱 하나 있었으니, 바로 라면이었다. 가지고 다닌 지 석 달쯤 되어 다 부서진 라면을 꺼내 봉지에 뜨거운 물을 부었다. 방에 라면 '향기'가 금세 들어찼다. 입안에 침이 고이다 못해 흘러 넘칠 지경이었다. 면이 다 익기를 기다리지 못하고 뜨거운 국물을 들이켰다. 몸 안에서 뭔가가 꿈틀했다. 이것은 라면이 아니야. 마법의 약물이야! 라면 국물이 혈관을 타고 온몸에 퍼지는 게 선명하게 느껴지자 비로소 병이 다 나을 거라는 확신이 들었다. 아, 이제 살았구나.

외국에서 아플 때 라면은 모든 결핍의 훌륭한 대안이 된다. 연인의 체온이자 엄마의 손길이다. 우황청심환을 능가하는 만병통치 보약이다. 그러니 여행을 나설 때 약을 챙기는 심정으로 라면 하나는 꼭 배낭에 넣어야 한다. 여행이란 얼마나 고마운 시간인가, 라면처럼 사소한 것에 감사함을 느끼게 하니.

#13 우리 모두의 성지

고산병을 앓아가며 티베트의 아리에 간 것은 '카일라스 산' 성지순례를 위해서였다. 수미산이라고도 불리는 카일라스 산은 불교에서 세계의 중심이라 여기는 성지다. 티베트 사람들은 카일라스 산의 둘레를 도는 순례를 평생의 숙원으로 여긴다. 세 바퀴만 돌면 일생의 업이 사라진다고 한다. 카일라스 산은 불교뿐만 아니라 힌두교와 자이나교에서도 성지로 여기며, 인더스 강과 갠지스 강의 발원지이기도 하다. 높이는 6,600미터밖에 안되지만 아직 인간이 정상을 밟은 적이 없는 미답봉이다. 감히 누가 이 신성한 산의 정상을 밟겠는가.

카일라스 산 순례를 마치고 작은 식당에서 야크차를 마시며 버스를 기다리고 있을 때였다. 버스가 언제 올는지 아는 사람이 없었다. 기약 없는 버스였다. 식당에는 나 말고도 티베트 사람 몇 명이 더 있었다. 내 부모님 연배로 보이는 그들 또한 카일라스 산 순례를 마친 후 쉬고 있었다. 나와 다른 게 있다면 그들은 픽업트럭을 몰고 왔다는 것. 나는 트럭을 얻어 타기 위해 온갖 아양을 다 떨었다. 그들은 흔쾌히 동행을 허락했는데 이상한 조건을 붙였다. 그들 중 한 여자가 어깨를 주물러 달라는 것이었다. 버스가 안 오면 꼼짝없이 하루를 더 묵어야 할 나를 구원해 주는데, 그쯤은 일도 아니었다.

야크차를 두어 잔 더 마시고 우리는 출발했다. 그런데 잘 가던 트럭이 갑자기 샛길로 빠지더니 황무지로 들어섰다. 이상하다, 분명 도심지로 간다고 했는데. 나와 그들 사이의 언어는 오직 보디랭귀지였으니 서로 잘못 이해했을 가능성이 얼마든지 있었다. 엉뚱한 곳에 나를 내려 줄까 봐 잔뜩 긴장해 있는데 트럭이 황무지 한가운데 멈춰 서는 것이었다. 그늘 하나 없는 곳이었으니 쉬어갈 만한 곳은 절대 아니었다. 긴장이 고조되어 마른침을 꼴깍 삼켰다. 풀 한 포기 자라지 않는 허허벌판에 멈춘 트럭이라니, 주변 풍경도 그렇고 상황도 을씨년스러웠다. 사람들은 나는 아랑곳하지 않고 왁자지껄 떠들며 어딘가로 향했다. 나만 트럭에 혼자 남아 있기 무서워 그들의 꽁무니를 쫓았다. 차에서 내리니 공기 중에 이상한 냄새가 진동했다. 이건 도대체 무슨 상황일까?

사람들이 얼마간 걸어서 도착한 곳은 물이 고여 있는 작은 웅덩이였다. 아하, 온천이구나. 이상한 냄새의 정체는 유황 냄새였나 보다. 그때만 해도 나는 유황 온천을 본 적이 없었다. 하지만 땅에서 솟는 물줄기가 너무 약해 쓸모가 없어 보였다. 자고로 온천이란 몸을 담그는 곳 아니던가. 세수나 겨우 할 수 있을까, 여기서 도대체 뭘 하려는 걸까. 의아해하며 그들을 유심히 지켜보는데, 아까 식당에서 어깨를 주물러 달라고 했던 여자가 웃옷을 훌렁 걷어붙이고 엎드렸다. 일행 중 누군가가 졸졸 흐르는 온천수를 컵에 받아 여자의 어깨에 끼얹었다. 민간요법이었다. 혹은 믿음이거나. 그녀는 어깨가 많이 아픈 모양이었다. 식당에서 나에게 어깨를 주물러 달라고 한 게 단지 피곤해서

그런 게 아니었구나. 유황 온천이 신경통이나 관절염에 좋다고 하니 여기까지 찾아온 거였다.

　나는 내 어머니를 그리워하지 않을 수 없었다. 내 어머니도 중증의 관절염을 앓고 계신다. 어깨에 온천수를 끼얹는 그녀는 내 어머니와 다르지 않았다. 유황 냄새 가득한 황무지에 선 채로 어머니가 그리워서 울 뻔했다. 신은 모든 곳에 있을 수 없기에 어머니를 만들었다고 했던가. 너무 오래 집을 떠나 있는 나에게 하늘이 어머니를 보내 주셨다. 카일라스가 괜히 성지가 아니구나. 모든 종교와 민족을 가리지 않는 마음의 성지는 어머니 아니겠는가. 어머니가 있는 그곳이 바로 성지다.

* * *

티베트의 포탈라 궁은 라마교의 성지다.
인도에서 만난 스님은 나에게 티베트에 가보았는지 물었다.
스님은 현실적으로 포탈라 궁을 방문하기가 어려웠으리라.
여권도 없고 여행 경비도 부족할 테니까.

나는 가보았노라고 대답했다.
스님이 말했다.

"You lucky, I no lucky."

카일라스 산에 천막을 짓고 사는 아저씨. 그는 하루에 열 명도 찾지 않는 오지에서 사람들에게 밥을 팔고 잠자리를 빌려 주었다. 아저씨 는 영어를 못했다. 나는 그림을 그려 음식을 주문했고 내친김에 영어 메뉴판을 만들어 줬다. 그는 고마워하며 소름 돋을 정도로 맑고 환한 웃음을 선사했다.

* * *

친구가 되고 싶은 마음에 여행하며 찍은 사
진들을 보여줬더니 그의 두 눈이 흔들렸다. 그
는 어쩌면 다른 나라의 풍물을 처음 보는 것일
지도 몰랐다. 우리는 똑같은 사람인데 나는 멀
리서 그를 찾아올 수 있지만 그는 왜 나를 찾
아올 수 없는 걸까?

#14 나의 종교는

여행입니다.

#15 이동하기의 즐거움

　알랭 드 보통은『여행의 기술』에서 '큰 생각은 큰 광경을 요구하고, 새로운 생각은 새로운 장소를 요구한다'고 했다. 새로운 장소로의 이동 자체가 여행의 묘미다. 이동의 속도가 느릴수록 여행의 맛은 깊어진다. 바쁘게 살아가는 것은 한국에서도 충분하니까.

　간혹 놀라울 정도로 느린 기차를 만난다. 과장을 좀 하자면 사람이 달리는 것보단 약간 빠르고, 오르막길에선 사람보다 느린 기차도 있다. 그렇게 느려 터진 기차 안에서 달리 할 게 뭐 있나. 주변에 앉은 사람들과 손발을 써서 정담을 나누는 것도 여행의 재미다.

　사람들과 어울리는 게 지루해지면 창밖으로 고개를 돌린다. 느리게 흘러가는 풍경에 시선을 둔 채 지난 여행을 정리하고 앞으로의 여행을 준비한다. 그래도 여전히 시간은 충분하게 남으니, 그제서야 나는 지나온 내 인생을 복기하거나 미래를 설계한다. 그러고 싶지 않아도 그렇게 된다. 한참을 가야 하는 버스나 기차 안에서 시간은 나의 내면으로 자연스럽게 흘러들어 가기 때문이다.

낭만적인 이동은
오직 여행자만이 누릴 수 있는 정신의 사치다.

* * *

라오스 훼이싸이에서 루앙프라방으로 가는 길에 대부분의 여행자는
1박 2일이 걸리는 슬로우 보트를 타고 메콩 강을 유람하면서 간다.
하지만 현지인은 6시간이 걸리는 스피드 보트를 탄다.
요금이 훨씬 비싸고 시끄럽고 비좁고 불편해도 집으로 빨리 돌아가는
방법을 선택한다.
내가 현지인일 때도 마찬가지다.
서울에서 부산을 갈 때 비행기, KTX, 새마을호, 고속버스를 늘 견준다.
겨우 두어 시간 차이 나는 그것들을.

여행은 때때로 시간 이동을 만든다.

나는 기차를 타고 몽골에 갔는데 그건 타임머신이었다.

길에서 만난 두 소녀에게서 내 어머니와 이모의 유년이 보였다.

아연한 만남이었다.

등을 돌려 집으로 돌아가는 아이들을 한참 동안 바라보며 멍하니 서 있었다.

나는 누구고, 지금 어디에 온 거지?

#16 유목민에게 여행을 배우다

나의 몽골 여행은 십 년 전, 김종래의 『유목민 이야기』를 읽으면서 이미 시작되었다. 김종래는 칭기즈칸과 유목민의 역사를 21세기의 관점에서 재조명한 탁월한 학자다. 나는 심한 울림을 경험하며 책을 읽었다.

책에서 만난 유목민은 자연을 정복하거나 파괴하지 않았고 자연의 일원으로서 사는 사람들이었다. 우리처럼 난개발의 과오를 저지르지 않았다. 유목은 이미 수천 년 된 삶의 방식이었지만 그 눈부신 지혜 속에는 메시아적 혜안이 자리하고 있었다. 어쩌면 그때부터 유목에 매료되어 여행이라는 임시적인 유목 생활을 하고 다니는 건지도 모르겠다.

몽골에 첫발을 내디뎠을 때 알 수 없는 안도감이 밀려왔다. 몽고반점을 가지고 태어나는 알타이계 민족의 고향이라서 그랬을까? 몽골의 수도 울란바토르는 고층 건물이 즐비하지만 도시를 조금만 벗어나면 그 넓은 나라가 초원과 평원과 사막뿐인 자연 그대로였다. 몽골을 여행하자면 지프를 빌리는 게 필수였다. 여행자 숙소에서 몇 개의 코스를 준비해 인원을 모으고 있었다. 가이드 여행은 질색이었지만 어쩔 수 없었다. 나는 보름 일정으로 고비사막을 다녀오는 코스를 골랐다. 일행은 모두

여섯이 모였고 국적은 제각각이었다.

우리는 보름치의 식수와 생필품을 차에 싣고 출발했다. 과연 몽골은 드넓었다. 시야가 끝나는 데까지 건물 하나 보이지 않고, 나직한 동산 하나 없었다. 사방에 지평선이 펼쳐져 있었다. 우리를 태운 차는 직선으로 끝없이 달렸다. 거대한 몽골 평원에 흐르는 시간은 우리의 것과는 다른 시간이었다. 하루를 24시간으로 나누고 다시 60분으로 세세하게 나눈 뒤에도 초침 소리에 압도당해야 하는 그런 시간이 아니었다. 호흡을 느긋하게 가져야 했다. 몽골의 평원은 그만큼 장대했고 고비사막은 한없이 멀었다.

대평원에서 배가 아파 화장실에라도 가게 된다면 큰 낭패였다. 화장실이 없는 건 당연했고, 사방이 트여서 몸을 숨길 데가 없었으니까. 우산으로 한쪽 면을 가리고 볼일을 보는 수밖에 없었다. 그러니 비가 거의 오지 않는 몽골에서도 우산은 필수품이었다. 일행 중 가장 먼저 우산을 펼치고 볼일을 보는 사람이 내가 아니기를 간절하게 바랐건만 내 뱃속은 첫날부터 트러블을 일으키고 말았다. 결국 내가 처음으로 우산을 펼쳤다. 초원에 엉덩이를 까놓고 보니 나쁘지만은 않았다. 언제 내 엉덩이가 지평선과 대면해서 볼일을 또 보겠는가.

운전사는 그의 어린 아들을 조수석에 태우고 다녔다. 부자는 영어를 못했다. 예스나 노조차 몰랐지만 보름 동안 불편함을 느끼지는 못했다. 몸짓과 흙바닥에 그리는 그림만으로도 소통이 가능했었다. 아들의 이름은 보르또였고 12살이었다. 학교는 안 다니는 모양이었다.

여행자를 따라다니며 아버지를 수발하기에는 턱없이 어린 나이였다. 잘은 몰라도 여행자들을 실어 나르는 일의 벌이가 나쁘지만은 않은 모양이었다. 운전사는 은근히 자부심을 느끼고 있었고 틈틈이 아들에게 일을 가르쳤다.

　잠시 쉬어 가고 있을 때였다. 땅바닥에 그림을 그려 보르또와 대화를 나누고 있었다. 둘 다 그림 실력이 미천해 설명이 잘 안 되었던 모양인지 보르또는 내 팔을 잡아끌며 작은 언덕에 올랐다. 정상에 오르니 아래에서 보던 것과는 확연히 다른 절경이 펼쳐졌다. 보르또는 자기 아지트에 나를 데려온 것 마냥 기뻐했다. 여태 있는 듯 없는 듯 조용한 아이였던 보르또는 환하게 웃으며 활기 넘치는 모습을 보여 주었다. 우리는 번갈아 가며 서로의 사진을 찍어 주었다.

　보름 동안 우리 일행은 단 한 번도 샤워를 할 수 없었다. 물이 귀한 몽골에서는 목욕의 개념마저 흐릿했다. 몽골 사람들은 먼 길을 걸어 물을 길어 왔고 그나마 흙이 잔뜩 섞여 있기 일쑤였다. 음식에서 서걱거리며 모래가 씹혔다. 식수로 가져간 물로는 겨우 양치질에 만족해야 했고 물티슈 한 장으로 샤워를 대신했다. 그 정도로 열악할 줄은 몰랐다. 물티슈를 챙겨온 사람은 일행 중에 한 명밖에 없었다. 그녀는 우리에게 성녀였고 매일 저녁 성스러운 물티슈를 하사받기 위해 사람들은 모여들었다. 하루 종일 모래 먼지를 뒤집어써서 손과 얼굴만이라도 닦아야 했다. 여정 막바지에는 물티슈가 모자라 여자들이 얼굴을 닦고 난 걸 받아서 남자들이 마저 닦았다. 원시적인 풍경이었지만 어쩌겠는가, 그것 또한 환경에 순응하고 사는 방법이니.

딱 한 번 맑은 물을 펑펑 쓸 수 있었다. 평원 한가운데 차가운 물이 그득한 우물이 있었다. 우리 모두는 우물을 만나자마자 벗을 수 있는 데까지 최대한 벗고 닦을 수 있는 부분은 죄다 닦았다. 물 만난 고기처럼 파닥거리며 환호하지 않을 수 없었다. 물이 어찌나 감사하던지, 말해 무엇하랴. 운전사는 차가운 물에 맥주를 담가 놓았고 우리는 돌아가며 한 모금씩 들이켰다.

우리는 유목민의 거처에 민박하는 경우도 있었고 여행자를 위한 숙박시설에 묵기도 했다. 이러든 저러든 숙소는 항상 몽골 전통 천막인 '게르'였다. 게르는 이천 년 전과 지금의 형태가 변함이 없다고 한다. 게르의 중앙에는 천창이 나 있어 하늘에 빼곡한 별을 보며 잠들었다가 아침에는 방 안으로 들어오는 햇살을 맞으며 깨어난다. 게르는 가벼운 집이었다. 양에게 먹일 목초가 다하면 산산이 해체해서 이사한다. 그래서 유목민의 살림살이는 더없이 단출했다. 텔레비전과 위성안테나를 갖춘 집도 더러 있었지만 부피가 큰 가구는 보이지 않았다. 그들은 적게 가져도 충분히 살아갈 수 있다는 걸 보여 주고 있었다. 나도 배낭 하나만 가진 채 몇 년을 길 위에서 잘도 살았다. 몸에 지니고 다닐 수 없는 물건은 여행자나 유목민에게 무용지물을 넘어 짐이 된다. 유목민에게 집과 땅은 애초에 소유의 대상이 아니라고 한다.

유목민은 거처를 옮기며 살아간다. 하지만 결코 불안정한 삶을 사는 게 아니다. 소유하는 것에 집착하지 않고 자연의 순리에 몸을 맡기며 오히려 안정되게 사는 방법이 바로 유목이다. 인생 또한 대자연에 부는 바람처럼 왔다가 사라지는 것 아니던가. 유목적 사고방식으로 보면 정착해서 사는 건 고여 있는 물과 같다. 웅덩이의 물은 자정 기능이 없어 점차 탁해진다. 그처럼 정착민도 머물러 사는 동안 욕심의 켜를 쌓으며 삶을 탁하게 만든다. 삶이 흐리면 사유도 맑을 수 없다. 정착민의 폐해를 눈치챈 사람들이 자발적인 유목 생활을 하는 게 바로 여행 아닐까? 태초의 인류가 식량을 찾아 유랑한 것처럼, 여행은 영혼의 식량을 찾는 문화적 유랑이다. 숙련된 여행자일수록 대단한 것들을 구경하려고 욕심내지 않는다. 유랑하며 만나는 풍경에 마음을 주고, 길에서 만나는 사람들과 만드는 우연한 시간을 사랑한다. 여행은 정신의 유목이다.

칭기즈칸은 '성을 쌓고 사는 자는 반드시 망할 것이며 끊임없이 이동하는 자만이 살아남을 것'이라고 말했다. 나는 그의 말에서 희미하게나마 여행의 원형을 발견한다. 어쩌면 세상의 모든 여행자가 유목민이요, 칭기즈칸의 후예일지도 모르겠다.

많은 선배들이 나에게 충고한다. 그만큼 여행했으니 이제 현실로 돌아오라고. 나를 아끼는 마음에서 한 소리란 걸 잘 안다. 하지만 나는 쉽게 동의하지 못한다. 나는 지금까지 비현실적이었던 적이 없으니까. 여행은 유목과 마찬가지로 지극히 안정적이고 현실적인 삶이다. 여태 변변한 전셋집조차 가지지 못한 건 버는 돈을 여행에 다 써서 그런 것이기도 하지만 집을 가지는 게 두렵기 때문이다. 가진 게 많으면 쉽게 떠날 수 없다. 나는 평생 여행하며 살고 싶다. 여행이 곧 나의 집이다.

#17 체 게바라와의 만남

중국의 타슈쿠르간이라는 조용한 국경 지대에 머물고 있을 때였다. 중국과 파키스탄은 세상에서 가장 고도가 높은 고속도로인 카라코람 하이웨이를 통해 넘나든다. 그 길은 K2 봉을 비롯한 천혜의 절경을 감상할 수 있어 세계적으로 유명한 길이다. 하지만 유명세에 비해 찾아오는 사람들은 적은 곳이었다. 불안정한 파키스탄의 정세 때문이기도 하고, 후미진 대륙의 한가운데라서 그런 모양이었다.

나는 방문객이 거의 없어 조용한 이 국경마을이 더없이 마음에 들었다. 하루는 인근에 있는 카라쿨 호수를 가기 위해 길을 나섰다. 워낙 외진 곳이라 보통은 차를 빌리고 가이드를 대동해서 가는 곳이었지만, 나는 홀로 나섰다. 그런 틀에 박힌 여행은 질색이었다. 호수는 내가 지내던 마을에서 멀지 않았기 때문에 지나가는 차를 잠깐씩 얻어 타기도 하고, 한참 걷기도 하며 호수의 초입에 도달했다. 하지만 뜻하지 않은 사람들이 진을 치고 있었다. 중국인 청년 몇 명이 건들거리며 서 있는 것이었다. 잠시 후에 일어날 상황이 머릿속에 훤하게 그려졌다. 여행객의 푼돈을 뜯으려고 서 있는 게 분명했다. 여행하는 동안 여기저기서 한두 번 당하는 일이 아니었다. 잠시 고민하던 나는 좀 피곤하더라도 정면 대결을 선택했다. 씩씩하게 그들 앞으로 걸어 갔다. 그들은 네 명이었다. 그 중 하나가 조악하게 인쇄된 종이쪽지 를 내밀며 입장료를 달라고 했다. 갱지에 재래식 실크스크린으로 인 쇄한 입장권은 한눈에 봐도 터무니없을 정도로 엉성했다. 입장료 징 수의 주체는 '마을 청년 연합'이라고 영어로 적혀 있었다. 픽, 웃음이 터졌다. 동네 백수 몇 명이 할 일이 없으니 별짓을 다 한다 싶었다.

사실 나는 불과 2년 전에 카라쿨 호수를 여행한 적이 있었다. 그 사 이에 중국 정부의 지침이 바뀐 것 같지는 않았다. 얼마간의 돈을 쥐여 주면 그만이었지만, 이런 식으로 자꾸 저들의 부정을 허락한다면 내 뒤에 올 여행자들이 부담해야 할 피로는 가중될 것이었다. 서로 영어 가 짧았기 때문에 나는 겨우 몇 마디 알고 있는 중국어와 몸짓을 총동 원해 실랑이를 벌였다. 나는 절대 입장료를 줄 수 없다고 했다. 그들 도 완강했다. 여기까지 왔는데 그냥 돌아갈 리가 없다고 생각한 그들 은 막무가내였다. 나에겐 그들과 싸우는 것이 카라쿨 호수를 한 번 더 보는 것보다 중요했다. 싸움도 여행이었다. 나는 그냥 돌아가겠다고 했다. 등을 돌려 내가 왔던 길로 성큼성큼 걸어갔다. 한참을 가다 슬쩍 돌아보니 그들은 망연자실해서 어깨를 축 늘어뜨리고 멍하니 나를 바 라보고 서 있었다. 정말로 갈 거라고는 생각하지 못했을 것이다. 나는 계속 멀어졌다. 다시 슬쩍 돌아보니 그들은 이제 흩어지고 없었다. 그 리고 오토바이 한 대가 내 뒤에 따라붙었다. 그들 중 한 청년이었다.

그는 이번엔 나에게 다가와서 친구의 위치에서 말을 걸었다. 언제 실랑이를 벌였느냐는 듯이 이름이 뭐냐, 어디서 왔느냐, 뭐하는 사람 이냐 따위의 흔하고 소소한 것들을 물었다. 서로 온화하게 대화를 나

누었다. 그도 그렇고 나도 그렇고 서로 싸우기는 했어도 나쁜 사람일 리 없었다. 그는 나에게 미안하다며 카라쿨 호수를 구경하고 가라고 했다. 하지만 이미 해가 많이 기울어서 나는 돌아가야 했고, 그것이 비록 싸움이긴 했으나 그곳 청년들과 있었던 일은 호수를 구경한 것 이상으로 충만한 경험이었다. 나는 미련을 남기지 않았다. 뒤늦게 화해를 청해 온 그 청년은 체 게바라가 새겨진 모자를 쓰고 있었다. 청년의 사진을 한 장 찍고 싶었다. 그러나 그는 웃는 얼굴을 하고 있다가도 내가 사진을 찍으려고 하면 어디서 본 모양인지, 금세 인상을 쓰며 무게를 잡았다. 자연스러운 모습을 담고 싶었지만 0.1초 만에 변신을 하는 통에 결국 잔뜩 무게를 잡은 사진밖에 찍을 수 없었다.

체 게바라를 열혈 혁명가로 만든 것은 다름 아닌 여행이었다. 부유한 집에서 나고 자란 그는 의대를 다니던 중 절친한 친구와 오토바이를 타고 8개월간 남미 전역을 여행한다. 그 여행은 부잣집 도련님을 열혈 혁명가로 바꾸어 놓는 결정적인 계기가 되었다. 자아를 발견하기 위해 떠난 여행이었지만 그의 눈앞에 펼쳐진 세상의 참상은 끔찍했다. 침략과 수탈 때문에 황폐해진 고대 문명의 유적, 편견과 차별 때문에 삶의 터전에서 쫓겨나야 하는 페루의 가난한 사람들, 핍박 받는 나환자 등 비참한 삶을 살아가는 민초들을 보고서 그는 앞으로 자신이 해야 할 일이 무엇인지 깨닫는다. 그것은 세상의 불평등과 불합리에 저항하는 것이었다. 한마디로 인간에 대한 참다운 사랑을 실천하는 것이었다. 그가 여행 중에 썼던 일기는 훗날 『모터사이클 다이어리』라는 이름으로 출판되고 동명의 영화로도 만들어진다. 체 게바라에게 여행은 혁명의 시작이었다. 일생 자체가 눈물 나게 감동적인 체 게바라의 여행 이야기를 듣고 나도 여행을 다짐했었다.

어쩌면 내 여행은 체 게바라의 여행을 답습하는 것인지도 모른다. 내가 봐야 할 것은 화려한 관광지가 아니라 질기디 질긴 민초들의 삶이다. 쿠바 혁명이 있은 지 반세기가 훌쩍 지났지만 세상은 그다지 변하지 않았다. 여행하면서 내가 만난 세계는 심각하게 불공평했다. 여행을 하고 싶어도 할 수 없는 친구들을 많이 만났다. 경제적인 여유가 없어서 그렇기도 했지만 국가가 제약하는 경우가 많았다. 상대국의 비자를 받는 건 더 어려운 일이었다. 어느 나라나 할 것 없이 자기보다 조금이라도 못사는 나라 사람들에게는 비자 발급에 인색했다. 이는 국가 차원의 폭력이었다. 한국도 해외여행 자유화 조치가 시행된 지 20년 조금 넘었을 뿐이지만 세계의 많은 사람들은 여전히 국가로부터 여행 허가를 받아야 한다. 여행이 보여준 적나라한 세계의 실체다.

#18 난개발이 만든 재앙

아랄해는 우즈베키스탄과 카자흐스탄에 걸쳐 있는 거대한 염화 호수다. 바다가 아닌데도 바다라고 불린다. 끝없이 펼쳐진 수평선이 보이는데 누가 호수일 거라고 상상이나 했겠는가. 측량기술이 발달한 지금에야 호수인 게 밝혀졌지만 사람들은 여전히 바다라고 부른다.

냉전 시대에 있었던 일이다. 구소련 정부는 아랄해 근처 사막에 대규모 목화밭을 조성했다. 강물을 인공적으로 끌어다 만든 대규모 경작지였다. 세계를 동과 서로 나누어 양립하던 사회주의 진영과 민주주의 진영은 각종 기술과 과학 분야에 막대한 예산을 투입하며, 총성 없는 전쟁을 벌이고 있었다. 소련은 토목공사 능력을 과시하고 덤으로 경제적 이익까지 얻을 목적으로 사막에 목화밭을 조성한 것이었다. 불모의 땅에 이룬 목화의 결실은 세계적인 찬사를 받는 위대한 토목공사로 칭송 받았다.

하지만 영광의 시간은 길지 않았다. 아랄해로 흘러들어 오던 강물이 사막으로 빠져나가자 바다는 점점 수위를 낮추었다. 아랄해 연안의 최대 항구도시였던 무이나크에 사는 사람들은 영문도 모른 채 줄어드는 바다를 지켜봐야 했다. 해안선은 조금씩 조금씩 멀어져 갔고,

바다에 면해 있던 항구는 땅 위에 덩그러니 놓이게 되었다. 바다가 없는데 항구가 무슨 소용인가. 항구를 기반으로 살아가던 사람들은 삶의 터전을 잃게 되었다.

지금의 무이나크에 가 보니 바다는 흔적도 없었다. 사막 위에 버려진 배 몇 대만이 여기가 과거에 바다였음을 알리고 있었다. 옛 주민들의 곡소리가 환청으로 들려왔다.

"뭐지? 왜 바닷물이 줄어드는 거지? 이봐, 자네는 뭘 좀 알겠나?"

"나도 영문을 모르겠네. 도대체 이게 어떻게 된 일일까?"

"우리는 이제 망한 걸세."

"아이고, 아이고."

삶의 터전을 잃은 것만이 문제가 아니었다. 물이 모이고 흘러가는 대자연의 섭리를 인간이 뒤틀어 놓자 상상도 못했던 대재앙이 시작되었다. 바닥을 드러내기 시작한 바다는 빠르게 사막화 되었고, 바닥에 고스란히 남겨진 염분은 공기 중으로 퍼졌다. 무이나크는 이제 사람이 살 수 없는 땅이 되었다. 활기로 가득했던 항구의 사람들은 대부분 다 떠났고 이제는 이백여 명의 사람들만 남아 있다고 한다. 거주지를 옮길 경제적, 육체적 여력이 없는 사람들이었다. 당신들의 기관지가 파괴되고 있는 걸 뻔히 알면서도 머무르는 것이었다.

위대했던 대공사는 삼십 년이 채 못 돼 인간이 지구에 저지른 가장 멍청한 짓으로 몰락해 버렸다. 희망과 활기로 가득하던 무이나크에 '배들의 무덤'이라는 비극적인 별명만을 남겨 놓고.

아랄해의 사연은 환경 파괴의 대표적인 사례가 되어 전 세계에 큰 교훈을 남겼고 한국의 초등학교 교과서에도 실려 있다고 한다. 파괴를 수반하는 개발보다 자연의 보전이 더 소중한 가치라는 것을 우리 아이들이 배우고 있다. 그리고 신흥 에너지 강국인 카자흐스탄은 먹고살 만해지자 가장 먼저 꺼내 든 국가사업 중의 하나가 아랄해 복원이었다. 자연의 이치를 원래대로 돌려놓았으니 목화밭은 다시 사막이 될 것이고 아랄해는 다시 차오를 것이다. 힘들게 만든 유용한 땅을 다시 사막으로 돌려놓는 것이 카자흐스탄 사람들의 선택이었다.

노자는 도덕경에서 인간은 땅을 본받고, 땅은 하늘을 본받고, 하늘은 도를 본받고, 도는 자연(自然)을 본받는다고 했다. 사전을 찾아보니 '자연'이란 '사람의 힘을 더하지 않은 저절로 된 그대로의 현상. 또는 사람의 힘으로 어찌할 수 없는 우주의 질서나 현상.'이라고 쓰여 있다. 하늘이 본받는 도마저 본받는 것이 자연이니, 자연을 그대로 놓아두는 것이 우주에서 가장 위대한 섭리 아니겠는가. 모든 개발은 파괴를 전제로 한다. 파괴와 대치되는 개념인 건설조차 파괴를 전제로 그 위에 세우는 것이다. 개발사회는 끝내 안정에 이르지 못한다. 개발을 멈추는 순간 그 사회도 멈추고 쓰러지기 때문에 시시포스의 저주처럼 끊임없이 땅을 파고 건물을 세우고 공사를 한다. 아랄해의 재앙을 만나고 온 나는 개발의 이름으로 자행되는 파괴의 데자뷔를 이곳에서 보면서 몸서리친다. 모두가 떠나 버린 죽음의 땅 무이나크는 한국에서 딱히 먼 곳도 아니다.

#19 어이, 친구
내 친구들을 좀 만나러 가야겠어

가슴 먹먹한 일은 여행하는 곳곳에서 일어나고 있었다. 우즈베키스탄을 여행할 때였다. 장거리 버스에서 만난 청년과 대화를 나누며 무료한 시간을 달래고 있었다. 언어가 다른 우리는 서로의 눈을 뚫어지게 쳐다보며 보디랭귀지와 눈빛으로 대화를 나누었다. 종이에 그림도 그리고 몇 안 되는 영어 단어를 나열해 가며 이어가던 대화는 도착할 때가 되어서도 끝나지 않았다. 기어이 그는 나를 잡아끌었다. 자기 집에서 묵으라는 것이었다. 여행자를 위한 편의 시설이 미비한 외진 도시였기 때문에 염치없지만 그에게 신세를 지기로 하고 따라나섰다.

청년의 호의 덕분에 오랜만에 집밥을 얻어먹었다. 청년에겐 나와 같은 또래의 동생이 하나 있었는데 영어가 제법 능통했다. 동생은 가족과 나 사이에서 통역을 맡으며 열심히 질문과 답변을 실어 날랐다. 그사이 형은 이곳저곳 분주하게 전화를 돌리고 있었다. 외국인이 자기 집에 묵는다는 자랑이었다. 통화를 다 마친 형이 나에게 통보했다.

"어이, 친구. 내일부터 내 친구들을 좀 만나러 가야겠어. 그러니 어디 멀리 가지 말라구."

하루만 폐를 끼칠 생각이었는데 다 틀렸구나.

장거리 이동의 여독도 풀 겸 오랜만에 늦잠을 잤다. 점심때가 거의 다 되어서 일어나니 머리맡에 내 몫의 식사가 차려져 있었다. 첫술을 뜨며 '달그락' 하는 작은 소리를 내자 문밖에 있던 누이가 따뜻한 차를 들고 왔다. 그럴 줄 알았다. 그래서 폐 끼치지 않으려 최대한 소리를 안 내려고 했는데 말이다.

이슬람권 국가는 늘 그랬다. 아무리 나그네라 해도 손님을 극진히 대접하는 통에 당황하기도 여러 번이었다. 나는 단지 지나가는 사람일 뿐인데, 앞마당에서 키우던 닭을 잡은 적도 있었다. 코란이 그렇게 가르친다고 하니, 말릴 수도 없는 일이었다. 그렇다고 넙죽넙죽 받아먹기만 할 수는 없으니 조금이라도 사례를 하려고 하면 기겁을 하며 손사래를 친다. 이번에도 이 집을 떠날 때 베개맡에 약간의 돈을 숨기듯 놓고 나와야 할 것이었다.

어떤 도시든 도착하면 숙소 주변을 산책하는 것으로 여행을 시작한다. 어젯밤 통역을 자임하던 동생과 함께 산책을 나섰다. 그러고 보니 동생은 통역하기에 바빴지, 정작 자신은 대화에 빠져 있었다. 가장 먼저 그의 유창한 영어 실력에 대해 물었다. 그는 우즈베키스탄의 수도 타슈켄트에서 의대를 졸업한 재원이었다. 그런데 왜 낙향해서 빈둥거리고 있는 거지? 집을 나설 때 보니 그는 집 한쪽의 창고 같은 곳에서 컴퓨터 네 대를 놓고 PC방을 운영하고 있었다. 코흘리개 꼬맹이들이 앉아 컴퓨터 게임을 하고 돈을 냈는데 한국으로 치면 백 원쯤 되는 금액이었다. 인터넷은 안 된다고 했다. 그냥 단순한 오락실이었

다. 넉넉잡고 계산을 해 봐도 수지가 안 맞는 장사였다. 자초지종을
마저 들어 보았다. 그는 대학을 졸업하였으나 의사가 되려면 대학원
에 진학해야 하는데 돈이 없었다. 학비는 어떻게든 마련하겠는데 문
제는 대학원에 가려면 교수한테 어마어마한 금액의 뇌물을 상납해야
한다는 것이다. 자신의 가족 모두가 달라붙어 몇 년을 벌어도 충당되
지 않는 금액이었다. 그래서 그는 멀쩡히 의대를 졸업하고도 낙향해
오락실을 운영하며 본전도 못 찾는 장사를 하고 있었다. 다른 일을 하

려 해도 시골에는 마땅한 일자리가 없어 마냥 놀기에도 민망하니 그
거라도 한다는 것이었다. 가슴이 시멘트로 꽉 차서 굳어가는 기분이
들었다. 정말이지 속이 터지려고 했다. 이건 청년 실업에다 저개발국
의 고질적인 비리까지…… 세계에는 터무니없이 부조리한 일들투성
이였다.

#20 한류

Uzbekistan

길에서 만난 아이 둘이 전쟁놀이를 하고 있었다. 아이들은 나를 발견하더니 둘이 한패가 되어 나에게 활을 겨누고 주먹을 날렸다. 나도 아이들에게 카메라를 겨누며 놀이에 동참했다. 아이는 나를 보고 "장보고, 장보고" 소리를 질러댔다. 아마도 드라마 〈해신〉을 본 모양이었다.

우즈베키스탄은 전국적으로 한류 열풍이 거세게 불고 있었다. 아시아 어딜 가나 한국 가요가 흘러나오고 철 지난 한국 드라마가 방영되긴 하지만, 우즈베키스탄은 그 정도가 남달랐다. 남녀노소 할 것 없이 가히 광풍이라 부를 만했다.

내가 여행할 당시 우즈베키스탄에서 최고 인기 드라마는 〈겨울연가〉였다. 어딜 가도 불법 복제된 DVD가 굴러다녔고 아낙들은 배용준에게서 눈을 못 떼고 있었다. 내가 한국에서 왔다고 하면 〈겨울연가〉 이야기를 꺼내며 나에게도 호감을 아끼지 않았다. 한류 열풍 덕분에 나 같은 추남도 종종 스타 대접을 받았다. 민망해서 죽을 지경이었다. 그렇다고 배용준 안부를 나에게 물어볼 건 뭐람.

한국에서 왔다는 이유만으로

그녀들은 나와 배용준을 동일시하고 있었다

라고 생각하는 것은 나의 지나친 착각이겠지…….

#21 국경에 관하여

걸어서 국경을 넘는 일은 짜릿하다. 먼저 있던 나라와는 다른 민족이 다른 언어로 나를 반겨 주니 불과 몇 걸음 옮겼을 뿐인데 마치 내 몸이 대단한 일을 해낸 듯한 기분이 든다. 재밌는 것은 그 반대의 경우다. 분명 국경이 나누어져 있는데도 이쪽과 저쪽에서 같은 민족이 같은 언어를 쓰고 있는 경우다.

중국과 몽골의 국경이 그랬다. 두 나라의 국경을 통과할 때는 어떠한 변화도 느낄 수 없었다. 심지어 국경을 맞댄 중국 측 지명은 내몽골이다. 똑같이 생긴 몽골 사람들이 같은 말을 하고 모래바람 날리는 황량한 풍경도 같다. 사람이 같고 환경이 같으니 풍속 또한 같다. 다만 기차를 타고 국경을 넘는 경우라면 두 나라의 철로 폭이 다르니 바퀴를 갈아 끼우느라 몇 시간을 허비해야 한다. 협궤를 광궤로 갈아 끼우는 작업을 하는 기차 안에서 처음으로 국경이 개념뿐인 허상이라는 것을 실감했다.

몽골 국경을 전후로 창밖에는 유목민의 게르가 듬성듬성 보였다. 선조 때부터 거기에 살며 말을 몰고, 양을 키우며 들판을 자유롭게 누비던 몽골고원의 유목민은 어느 날 자기도 모르게 몽골 국민과 중국

국민으로 나뉘어졌을 것이다. 유목민 김씨에게 중요한 것은 양에게 풀을 잘 먹이고, 좋은 아내를 만나 아이를 낳고 가족을 이루며 평온하게 살아가는 것이다. 몽골과 중국의 국경이 나뉘던 그날, 초로의 유목민 김씨에게 몽골 소속될래, 중국 소속될래? 물어봤다면 김씨는 의연하게 송경동 시인의 시구를 빌려 "나는 저 들판에 소속되겠다" 하고 대답했을지 모른다.

한국은 북한과의 대립 때문에 유일한 국경이 막혀 있다. 사실상 섬이다. 여전히 위력을 떨치는 단일민족 신화도 국경이 없기 때문에 더욱 기승인지 모른다. 국경이 없는 건 고립을 의미하고, 땅의 고립은 곧 사고의 고립을 부른다. 다른 민족이 국경을 넘어 우리 안으로 자연스럽게 유입되지 못하고, 반대로 우리가 국경을 넘어 자연스럽게 다른 문화로 흘러 들어가지 못한다. 그래서인지 한국은 점점 관용에 인색해지고 획일주의가 만연한 사회가 되어간다. 자신과 조금만 생각이 다르면 즉시 타자로 만들어 대립하고 배척한다.

내가 만난 아시아는 무수한 민족, 문화, 종교, 언어, 기후를 가진 대륙이었다. 같은 나라 사람인데도 모어가 달라서 제3의 외국어로 대화하는 건 흔한 일이었다. 피부색이 다르고 민족이 달라도 그들은 한 나라에서 살고 있었다. 아시아는 다양성의 대륙이었고 사람들은 관용을 체화하며 살고 있었다.

국경을 넘는 여행은 국가주의를 다시 생각하게 만든다. 온 세계가 조금이라도 더 차지하려고 혈안이 되어 있는 국경선을 몸으로 지우며 다른 나라 속으로 걸어 들어가는 발걸음은 흥겹고 설렐 수밖에 없다.

새 나라에는 또 어떤 즐거움이 기다리고 있을까? 국경을 넘는 건 사고의 경계를 넓히는 작은 퍼포먼스다.

^{#22} 다시는 오지 않겠다는 다짐

내 인생의 첫 여행지는 인도였다. 밤늦게 도착한 뉴델리 공항은 한국의 어지간한 시골 버스 터미널보다 쇠락한 곳이었다. 후진 정도를 넘어 기괴함마저 감돌았으니까. 공항 청사를 나서자마자 습하고 뜨거운 열대의 공기가 훅 끼쳤다. 절로 인상이 찌푸려지는 날씨였다. 출입구 밖의 펜스에는 체구가 작고 얼굴이 새까만 택시 기사들이 다닥다닥 달라붙어서 손님의 간택을 기다리고 있었다. 그 광경을 비추고 있는 건 희미한 가로등 하나뿐이었는데, 어두운 데다 낯설어서 그랬는지 온몸이 움츠러들 정도로 무서웠다. 지금은 뉴델리에 현대식 공항이 새로 생겼지만, 불과 몇 년 전만 해도 민망할 정도로 형편없는 시설이었다. 나만 그랬던 게 아니라 다수의 겁 많은 여행자들이 공항을 나서지 못하고 날이 밝을 때까지 기다리기 일쑤였다. 심지어 인도에 도착하자마자 서울행 비행기를 다시 타는 여행자도 더러 있었다고 한다. 요즘 인도 여행자들은 옛날 공항이 풍기던 공포감을 맛보지 못한다는 생각에 조금은 안타깝다. 그 공항이야말로 인도 여행의 큰 맛이었는데.

공항에서 한 시간을 넘게 머뭇거렸던 나는, 마음을 다잡으며 배낭을 꼭 끌어안고 택시를 탔다. 하지만 택시 안이라고 해서 마음이 놓이는 건 아니었다. 여행자들이 집결한다는 파하르간지 거리로 가는 내내 나는 여전히 정체 모를 공포에 질려 있었다. 공항에서 시내로 들어가는 뉴델리 외곽의 밤은 칠흑처럼 까맸고, 잎이 넓은 야자수의 희미한 그림자는 내 얼굴을 덮치기를 반복하며 공포 분위기를 더욱 조장했다. 나는 눈을 꼭 감았다. 흐르는 건지 멈춘 건지 모를 정도로 더디게 지나가는 시간에 나를 맡기는 수밖에 없었다.

택시 기사가 목적지라고 하며 차를 세웠을 때는 또 한 번 내리기를 머뭇거려야 했다. 분명 파하르간지는 세계의 여행자들이 모이는 유명한 거리라고 했는데, 초라하기가 이루 말로 다 할 수 없는 거리였다. 여기가 맞긴 맞나? 뿔도 크고 덩치도 큰 소 몇 마리가 길 복판에 엎드려 되새김질을 하고 있었고 웃통을 벗어젖힌 깡마른 남자 몇 명이 길가에 세워 놓은 손수레에 드러누워 자고 있었다. 소똥이나 음식 쓰레기 따위의 오물이 길에 가득했다. 한 나라의 수도에 이런 거리가 있다

고? 그것도 외국인 여행자들이 모이는 거리가 이 정도라니, 나는 너무 무서워서 울고 싶은 마음밖에 없었다.

인도는 여행하기가 정말 녹록지 않은 나라였다. 바가지도 극심하고 숙소나 식당의 위생 상태도 엉망이었다. 기차를 탔더니 누군가 이미 내 자리에 앉아 있어 비켜 달라고 했더니 일어나는 게 아니라 옆으로 조금 당겨 앉더니 같이 앉아 가자 한다. 그 정도는 양반이었는지 모른다. 길을 걷던 중에 생수 박스를 이지 못해 쩔쩔매는 아줌마가 있길래 내가 나서서 흔쾌히 머리에 얹어 주었더니 넉살 좋은 아줌마는 나도 한 박스 들고 따라오라고 했다. 기가 찼지만 어차피 가야 하는 방향이라 한 박스를 들어 주었다. 목적지에 도착했더니 이번에는 음료수 마시는 시늉을 해 보였다. 이거 잠깐 옮겨 주었다고 물 한 병 얻어먹기는 민망해서 사양했는데, 이 아줌마 반응이 이상하다. 알고 보니 자기가 목마르니 음료수를 하나 사달라는 것이었다. 이처럼 인도는 아무리 용을 써도 이해하기 힘든 일로 가득한 나라였다. 한 달 동안 인도를 여행하고 네팔로 넘어갈 계획이었지만, 결국 삼 주 만에 인도를 떠나야 했다. 두 번 다시는 인도에 오지 않을 거라는 다짐을 하면서.

그런데 참 이상한 일이었다. 여행을 마치고 한국에 돌아왔더니 자꾸만 인도가 생각나는 것이었다. 무언가를 인도에 남겨 두고 온 듯한 기분이 들고 불현듯 다시 가야겠다는 생각이 들었다. 가서 내가 남겨 놓은 것이 무엇인지, 미처 발견하고 느끼지 못한 인도의 진면목이 무엇인지 확인하고 싶었다. 어쩌면 내가 인도를 오해하고 있는 것일지도 몰랐다. 그래서 두 번째 인도 여행을 하게 되었다. 한번 당했던 이력이 있어서인지 두 번째는 나쁘지 않았다. 하지만 내가 인도를 불편해하는 부분은 조금의 변화도 없었으니, 역시나 징글맞은 나라였다. 이번에도 두 번 다시는 인도에 오지 않을 거라는 다짐을 하며 귀국했다. 그런데 참 희한해서 나도 설명을 잘 못하겠는데, 한국에만 돌아오면 자꾸 인도가 생각나는 것이었다.

나는 결국 세 번째 인도 여행을 가야 했다. 세 번쯤 여행하고 보니 비로소 인도의 진면목을 조금은 알 것 같았다. 어이없는 일을 하도 많이 당해서인지, 인간의 선과 악을 판단하는 기준이 바뀌게 된 것이었다. 인도의 바가지 요금은 상상을 초월할 정도여서 10배 정도 바가지

쓴 건 명함도 못 내민다. 수십 배는 되어야 "아, 내가 바가지 좀 썼네." 하고 생색이라도 낼 수 있다. 아무리 정신을 바짝 차려도 한 번씩 그런 초대형 바가지를 피할 수 없는 곳이 인도였다. 생각해 보면 그들도 참 대단했다. 어찌 그리 감쪽같을 수 있을까. 얼마나 치열하게 머리를 굴렸을까. 어느 순간 나는 도리어 그들에게 연민을 가지게 되었다. 내가 속아 준 덕분에 그들의 가족이 한 끼 밥을 먹을 수 있었을 것이다. 그들은 나에게는 나쁜 사람이었지만 가족에게는 좋은 사람이었다. 사람을 선과 악으로 나누는 이분법적인 윤리의식은 인도에서 보기 좋게 해체되어 갔다.

내가 느끼는 인도 사람들의 가장 큰 특징은 사과할 줄 모르는 것이다. 서구 사람들은 작은 일에도 'I'm sorry'를 연발하는 반면, 인도 사람들은 어지간한 일이 생겨도 사과하는 법이 없었다. 한번은 이런 일이 있었다. 기차를 타고 어딘가로 향하는 중이었다. 밤이 깊어서 나는 침대칸에서 곤히 자고 있었다. 그런데 누가 내 다리를 툭 치는 것이었다. 나는 깜짝 놀라서 일어났다. 한 남자가 내 침대 앞에 서서 친구와 얘기를 나누고 있었다. 그러면서 자연스럽게 2층 내 침대에 팔을 걸쳤던 것이다. 나는 사과하지 않는 남자를 뚫어지게 쳐다봤다. 그는 여전히 내 침대에 팔을 걸치고 있었다. 그러다 우리는 눈이 딱 마주쳤다. 그런데 이 남자의 표정이 정말 가관이었다. 왜 자기를 쳐다보는지 도저히 이해하지 못하겠다는 표정이었다. 그리곤 대수롭지 않다는 표정으로 얼굴을 돌려 친구와 이야기를 나누었다. 여전히 팔을 내 침대에 걸친 채. 귀퉁이에 살짝 걸치는 식이 아니었다. 그의 팔은 여전히 내 다리에 닿아 있었다. 어쩜 이렇게 아무렇지도 않게 남의 침대에 팔을

엎어 놓을 수 있을까? 그는 한 사람이 침대에 누워도 남는 공간이 많으니 자기가 조금은 써도 된다고 생각하는 모양이었다. 그럴 수도 있겠다는 생각이 들었다. 사과할 줄 모르는 인도 사람들은 무례한 게 아니었다. 사과할 필요가 없었던 것이다. 여러 사람이 함께 살아가는 세상에서 그 정도 불편함은 이웃을 위해 감수해야 하는 것이었다. 세 번의 인도 여행은 공생의 지혜를 깨닫기 위한 지난한 과정이었다.

하지만 아무리 큰 성찰이 있다고 한들, 늘 그랬던 것처럼 인도는 변함없이 불편한 나라였다. 어떻게 하다 보니 세 번이나 인도 여행을 하게 됐지만, 그때마다 매번 정말 다시는 인도에 안 올 거라는 다짐을 하며 귀국했다. 그것이야말로 인도의 진면목인지 모르겠다. 늘 같은 다짐을 하면서도 세 번씩이나 돌아오게 만드는 나라. 더욱 기가 막힌 건 나는 여전히 인도에 다시 가고 싶어 애달아 한다는 것이다. 뭐라고 설명도 못하겠으니 참 미치고 펄쩍 뛸 노릇이다. 네 번째 인도 여행이 머지않은 걸 예감한다. 이번에 또 다녀오면 인도에 대해 할 수 있는 말은 더욱 줄어들 것이다. 인도는 내 사고의 폭으로는 결코 담을 수 없는 나라니까.

#23 옆 사람을 증오해야 하는 형벌

India

　나는 가보지 않은 지역도 언제 덥고, 언제 비가 많이 오는지 대강의 날씨를 짐작한다. 여행을 통해 자연스레 습득한 것이다. 하지만 처음 인도 여행을 할 당시에는 그런 짐작을 할 만한 경험이 없었다. 봄이었는데도 인도는 무척 더웠다. 한여름에 여행 온 게 아닌 것만 해도 어딘가. 나름의 자위를 하며 더위를 달랬었다. 하지만 황당하게도 인도는 봄에 가장 더운 나라였다. 여름은 우기라서 하루에 몇 차례씩 내리는 비가 땅의 열기를 식혀 주어서 오히려 견딜 만하다. 우기가 시작되기 직전의 봄 날씨는 무려 40도를 훌쩍 넘긴다.

　충격적인 더위 속에 처음으로 장거리 시외버스를 탈 때였다. 나무로 만든 조악한 의자는 두 사람이 앉기에는 조금 넓어 보였고 세 사람이 앉기에는 좁아 보이는 어중간한 사이즈였다. 가난한 나라니까 이해해야지. 그러나 역시 인도는 내 상식의 범주로 담을 수 없는 나라였다. 그 의자에 다섯 명이 앉는 것은 보통이었다.

　인도의 시외버스는 에어컨이 없었다. 하지만 바깥 기온이 40도를 넘어도 창문은 꼭꼭 닫아 두었다. 열풍이 불기 때문에 차라리 창문을 닫는 게 나았기 때문이다. 말도 못할 고역이었다. 그 더운 날 콩나물

시루처럼 사람으로 꽉 찬 버스는 거대한 찜통이었다. 미칠 것 같았다.

신영복 선생님이 『감옥으로부터의 사색』에서 말씀하신 자신의 옆 사람을 증오하게 만드는 형벌 중의 형벌. 나는 그 형벌도 모자라서 여름날의 감옥 같은 버스 안에서 새로운 죄를 지었다. 옆자리에 앉은 청년은 외국인에게 호기심이 동했는지 나에게 이름이 뭐냐, 어느 나라에서 왔느냐, 종교가 뭐냐는 사소한 질문을 무차별적으로 해대었다. 더위에 지친 나는 처음에는 건성으로 대답하다가 급기야 화를 내고 말았다. 제발 나를 가만 놔두라고. 사소한 질문만큼 사소한 짜증을 부린 거였지만, 청년의 입장에서는 당혹스러웠을 것이다. 악의 없는 순수한 질문이란 걸 뻔히 알면서도 그랬다. 이제는 사과할 길조차 없으니 지금 생각하면 더욱 미안해진다. 찜통 같은 버스 속에서 나는 사람이 아니었다. 육체적 고통과 정신적 고통이 한데 뒤엉킨 고깃덩어리에 지나지 않았다. 나는 죄가 무엇인지도 모른 채 벌을 받고 있었다.

지옥이 종착역일 것만 같았던 버스는 인적이 드문 어느 길가에서 갑자기 고장이 났다. 버스가 멈추니 당장에는 반가웠다. 하지만 고장난 버스는 끝내 다시 움직이지 않았고 해는 뉘엿뉘엿 저물고 있었다. 태평양 한가운데에 표류한 기분이었다. 현지인들은 지나가는 차를 얻어 타고 어떻게든 그곳을 빠져나갔다. 하지만 말이 제대로 통하지 않는 나는 인도 사람의 차를 얻어 탈 용기가 없었다. 하도 기상천외하고 흉측한 소문이 많은 인도여서 지나가는 차를 얻어 탔다간 인신매매범에게 팔릴 것만 같았다. 차장과 운전사는 버스 고치기를 포기하고 길가에 쪼그리고 앉아 있었고 나는 그들을 붙잡고 울먹이며 발을 동동

굴렀다. 나는 이제 어떡해? 이대로 밤이 되면 강도가 나를 습격할지도 모르고 산에서 호랑이가 내려올지도 모르는 일이었다. 한참을 걷다 보면 민가가 나오긴 하겠지. 하지만 집주인이 나를 해코지할지도 몰라. 지금 생각하면 민망하지만, 나는 정말 공포에 질려 울먹거리고 있었다. 한국이었다면 이렇게 무섭지는 않을 텐데.

결국 그날 어떻게 되었을까? 상황은 아주 싱겁게 정리되었다. 버스가 고장 난 지 한 시간 후에 다른 버스가 우리를 태우러 왔다. 이래저래 다 떠나고 얼마 남지 않은 승객을 태운 버스는 언제 무슨 일이 있었냐는 듯이 태연하게 목적지를 향해 달렸다. 반쯤 정신을 놓았던 나는 새로 온 버스 안에서 숨을 고르며 멋쩍어했다. 뭐야, 별일 아니잖아?

그렇다. 세상 어디든 버스는 고장 나기 마련이고, 어떤 방법으로든 해결할 수 있는 법이다. 그쯤은 사소한 일이다. 나만 소중한 사람이라서 목적지에 꼭 가야 하나, 버스에 탔던 모두가 목적지로 가야 하는 소중한 사람들이었다. 나는 낯설다는 이유로 괜히 겁먹었던 것이다. 생긴 게 다르고 언어가 달라도, 사람 사는 세상은 결국 매한가지다.

삐질삐질 흘렸던 땀이 식어 갔다. 나는 비로소 동시대를 살아가는 인도의 이웃들이 눈에 들어왔다. 한국의 잣대로 인도를 판단했으니 그렇게 괴롭고 무서웠던 것이다. 나는 지금 인도에 와 있다. 기후, 언어, 사고방식이 다른 나라에 와 있다는 것을 받아들이자 곧 마음이 평온해졌다. 여행은 내가 평소에 가진 것과는 다른 사고방식을 요구한다. 한국을 버리자 비로소 인도가 내게 다가왔다.

물의 여신

Varanasi, India

버스를 타고 죽을 고생을 했던 터라 다음번에는 기차를 탔다. 침대 칸이었다. 3층으로 된 침대 중에 나는 제일 위층에 누웠다. 태양은 쇳덩이로 만들어진 기차를 사정없이 달궜다. 기차는 좀 다를 줄 알았는데……. 이건 눈곱만큼도 쾌적하지 않다. 객실의 사람들이 만들어 내는 열기는 3층으로 죄다 몰렸다. 객실의 열기를 식히기에 구식 선풍기 몇 대는 역부족이었다. 나는 훈제 바비큐처럼 조금씩 익어갔다.

델리를 출발한 나는 14시간 걸려 바라나시에 도착했다. 눈앞에 갠지스 강이 있었지만, 그토록 보고 싶었던 갠지스 강이었지만, 다 무시하고 제일 먼저 보이는 게스트하우스로 달려가 방을 잡았다.

나는 급했다. 허겁지겁 옷을 벗고 샤워기부터 틀었다. 쏟아지는 물줄기 아래에서 나는 비로소 안도했다. 아, 이제 살겠다. 미친놈처럼 괴성을 질렀다가 혼자서 키득키득 웃으며 샤워했다. 물의 여신이 나를 꼭 안아 주었다.

^{#25} 라면 먹는 청년

Ladākh, India

한 청년이 구멍가게에서 라면을 먹고 있었다. 정말 맛있게 보여 나도 모르게 한참 쳐다보다 청년과 눈이 마주쳤다. 본의 아니게 식사를 방해해 버렸구나. 그러나 청년은 나의 실례가 더욱 무색하게 환한 웃음을 보여줬다. 맑은 청년이었다. 라면을 먹다 말고 어떻게 저런 표정을 지을 수 있나. 나는 청년에게 홀리고 말았다.

이미 배가 불렀지만 라면을 하나 주문했다. 가게 주인에게 셈을 치르는 사이 청년은 사라지고 없었다. 인도의 라면은 내 입맛에 맞지 않는 걸 뻔히 알면서도 주문하게 만들어 놓고, 자기는 사라져 버리다니. 아쉬워라. 사진을 보내줄 주소도 물어보지 못했는데. 청년은 가고 없었지만 그가 남겨 놓은 맑은 기운은 여운으로 남아 구멍가게를 가득 채우고 있었다.

우리들의 행복한 시간

Srinagar, India

　노란 두건을 쓰고 작은 기타처럼 보이는 우쿨렐레를 연주하고 있는 '히로'는 티베트 불교에 심취해 있는 청년이다. 대학생인 히로는 매번 방학 동안 티베트 불교의 흔적을 좇아 인도의 다람살라, 라다크, 시킴, 네팔의 카트만두 등 티베트 불교의 영향권 아래에 있는 히말라야 지역을 여행하고 있었다. 등을 보이고 앉아 있는 '마미'는 삼 년째 여행 중이라고 했다. 북미에서 시작한 여행은 남미를 거치고 아프리카를 거쳐 인도에 와 있었다. 한번 집을 나선 이후로 쭉 세계를 일주하는 것이었다. 누워 있는 '써니'는 살던 집을 정리해 세를 놓고 그 수익금으로 여행을 다니는 친구였다. 어디로 갈지, 언제 끝날지도 모르는 자유로운 여행이었다. 써니는 여행 유목민이었다. 유목민이 신선한 목초지를 따라 이동하듯 이국의 정취가 시효를 다할 때면 새로운 나라로 거처를 옮겼으니.

뱃머리에 앉아 이 사진을 찍은 나는 카메라를 메고 아시아 전역을 여행하는 중이었다. 나 또한 언제 끝날지 모르는 여행이었다. 최대한 오랫동안 여행하고 싶었다. 한국에 돌아가는 날을 최대한 미루는 것이 유일한 목표였다.

인도의 북부 '스리나가르'에서 만난 우리는 여행의 목적도 다르고, 경로도 달랐다. 국적도 달랐고 서로 나이 차이도 제법 많았다. 우리는 작은 배 하나를 빌려 소풍을 나섰고 돌아가며 노를 저어 호수를 유람했다. 지금껏 살면서 가져본 최고로 유유자적한 시간이었다. 해는 조금씩 기울어 갔고, 고요한 호수에 히로의 우쿨렐레 소리가 퍼졌다. 우리를 감싸고 있는 시간과 공간이 그토록 부드럽고 달콤할 수가 없었다. 각자의 사회적 배경이 제각각인 우리는 여행이 아니었다면 친구로 맺어질 일이 전혀 없었을 것이다.

여행은 사람을 만나고 또 만나는 일이다. 일상 속에서 항상 만날 법한 사람들을 만나면서 우리는 만남의 소중함을 잊고 살아간다. 연인, 가족, 친구만 소중한 게 아니다. 아무리 시시한 사람이라고 해도 그의 인생에는 어떤 영화보다 흥미진진한 이야기가 숨어 있다. 우리 모두가 지금껏 살아온 삶 자체가 이미 각자의 영화가 아니겠는가. 하지만 우리 안에 있는 영화는 익명의 관객 앞에서는 늘 숨겨져 있다. 만남 이후에 서로가 이름을 불러 주며 다가갈 때서야 비로소 상영이 시작된다. 그러니 여행하는 동안 100명의 이름을 불러 주었다면 100편의 영화를 본 것과 마찬가지다.

우리는 늘 숨을 쉬지만 평소에는 숨쉬기에 대해 별다른 생각을 하지 않는다. 그러다가 누가 목을 조르거나 물속에 들어갔을 때야 비로소 숨쉬기를 갈망한다. 마찬가지로 늘 반복되는 일상은 우리의 감각을 무디게 만들어 만남의 참된 가치를 지운다. 그리고 혼자 떠난 외로운 여행은 만남의 가치를 복원한다.

여행의 선물과도 같은 만남 중에 최고의 만남은 자신과의 만남이다. 고국에서 멀어질수록, 여행이 오래될수록 더욱 선명한 자신을 만난다. 득도의 경지에 오른 고승은 방 안에 앉아서도 뜻을 이루겠지만, 우리 같은 범인은 여행의 힘을 빌리지 않으면 좀처럼 진정한 자기 자신을 만나기 어렵다.

다소 비겁하게 들릴 수도 있겠지만, 여행은 우리가 평소에 짊어진 사회적 의무를 반쯤은 내려놓아도 괜찮은 구실을 만들어 준다. 직장, 친구, 가족과의 관계에서 내가 가진 수많은 의무가 여행하는 동안에는 일시적으로 면제된다. 잠시라도 남을 잊어야 비로소 나를 만나는 법이다. 멀리 바다 건너에 있는 사람에게 어쩔 것인가? 갑자기 누구를 만나야 하는 일도 없고 부재중 전화를 보고 미안해하며 다시 전화해야 하는 일도 없다.

더구나 여행지에서 만나는 자신은 가장 순수한 자아다. 여행에서는 학벌, 출신, 나이, 지위 따위의 사회적 껍데기가 효력을 상실하니까. 오롯이 나를 위해서 여행지를 정해야 하고 나를 위해서 음식을 먹어야 한다. 그 결과에 즐거워하는 것도 나요, 후회하는 것도 나다. 여행은 삶의 진정한 주인이 되는 시간이다.

#27 라다크 가는 길
Ladākh, India

티베트 불교 마니아 히로는 이제 '라다크'에 갈 거라고 했다. 써니가 맞장구를 치며 자기도 꼭 가고 싶은 곳이라고 했다. 라다크? 당시에는 처음 들어 보는 지명이었다. 친구들이 얘기하기를, 라다크는 '오래된 미래'라고 했다. 오래된 미래? 얄궂은 형용모순이었다. 언뜻 이해될 듯하면서도 제대로 이해되지 않았다. 그곳에 가서 왜 오래된 미래라는 것인지 눈으로 확인해 보고 싶었다. 우리는 의기투합해 히로의 여정에 동행하기로 했다. 동행이 있는 여행은 오랜만이었다. 하지만 마미는 발리에 가겠다고 했다. 발리에서 휴식을 취한 뒤 일본 집으로 돌아가고 싶다고 했다. 길에서 만나 인연을 나누었던 우리는 다시 길에서 마미를 보내 주었다. 지난 며칠간 함께 지내며 잔정이 많이 들었던 우리는 오래도록 아쉬움을 나눴다. 하지만 여행은 숱한 만남과 헤어짐의 반복. 결코 연연해서는 안 될 일이었다. 그게 여행자가 살아가는 방법이다.

히로와 써니 그리고 나. 이제 세 명이 된 우리는 어떤 방법으로 라다크에 갈 것인지 머리를 싸매고 의견을 나누었다. 히말라야산맥에 있는 라다크는 고산들이 병풍처럼 두르고 있는 곳이라, 서구 식민지 시대에도 외부 세력의 침탈이 없었을 정도로 접근하기가 어려운 곳이었다. 워낙 고지대여서 1년 중 8개월에 달하는 겨울 동안에는 라다크로 가는 모든 고갯길이 눈 때문에 폐쇄된다. 오직 한여름에만 외지인의 방문을 허락하는 곳이다. 물론 라다크에도 공항이 있으니 비행기를 타면 언제든지 갈 수 있지만 해발 3,000~4,000미터를 넘나드는 곳이라 높은 고도에 적응되어 있지 않은 사람들은 고산병에 걸릴 위험

이 컸다. 고산병은 치료제도 없고, 예방약도 없다. 고산병에 걸리지 않으려면 고도를 조금씩 높이면서 올라가는 수밖에 없다.

우리가 라다크에 가려던 그때는 폐쇄된 도로가 막 열린 시기였다. 여행은 떠나기 전에 준비할 때가 가장 설레고 신난다. 싸구려 여행자 숙소에 둘러앉은 우리는 서로의 가슴이 쿵쾅거리는 소리를 들어가며 비행기, 렌트카, 오토바이, 자전거, 히치하이크 등 모든 교통수단을 검토했다. 버스가 없어도 갈 방법은 많았다. 저마다 백중지세의 매력이 있으니 그중 하나를 고르기란 여간 어려운 일이 아니었다.

고심 끝에 우리는 느린 여행을 선택했다. 라다크로 직행하는 버스

를 타지 않고, 근처에서 별로 멀리 가지 않는 완행버스를 탔다. 종점에 도착하면 거기서 새로운 버스를 갈아타고 조금씩 조금씩 라다크에 다가갔다. 중간에 들르는 작은 마을에서 하루 이틀 묶는 것도 여행에 포함되는 것이었다. 라다크 사람들을 빨리 만나고 싶어 조바심이 나기도 했지만 인내의 방법을 선택한 것이다.

여행의 진미는 우리 앞에 즉각적으로 나타나지 않는다. 이국의 풍속이 본연의 나와 만났을 때 불현듯 찾아오는 깨달음처럼, 그 선물은 바위 속에 꼭꼭 숨어 있는 보석과 같다. 면밀하게 이국의 풍속을 관찰하고 느긋하게 현지인을 만날 때 비로소 바위 속에 숨은 보석은 모습을 드러낸다. 제련된 보석이 저절로 눈앞에 나타나는 일은 없다. 여행자가 스스로 바위 속의 보석을 캐내야 한다. 서두르면 바위 속에 보석이 들어 있다는 사실을 까맣게 모른 채 지나가고 만다. 그것은 서툰 여행이다.

출발한 지 일주일쯤 되자 더 이상 갈아탈 완행버스가 없었다. 길도 본격적으로 험해졌다. 히말라야산맥에 본격적으로 진입했다는 신호였다. 버스는 없었지만 트럭 몇 대가 휴게소에 모여 출발을 준비하고 있었다. 우리는 한 트럭 기사에게 얼마를 주기로 하고 라다크의 초입까지 얻어 타기로 합의를 봤다. 1박 2일이 걸리는 길이었다.

트럭을 타고 보니 운전기사 말고도 청년 두 명이 더 있었다. 조수이거나 견습생인 모양이었다. 대형 트럭이라 좌석이 두 줄이었지만 그들 셋에 우리 일행 셋이 다 앉아 가기에는 비좁았다. 우리는 트럭 지붕으로 올라가겠다고 떼를 썼다. 운전기사는 위험하다고 만류했지만, 정작 자신도 불편하기는 마찬가지여서 결국 우리를 올려 보냈다. 지옥에서 천국으로 수직 이동한 것 같았다. 지붕에는 가림막이 있어 딱히 위험하지는 않았다. 사방이 트여 있어서 전망이 시원했고 다리도 쭉 뻗을 수 있었다. 비행기의 퍼스트클래스와 견줄 만한 좌석이었다. 다만, 비포장길에서는 요철이 심해 제법 위험하다 싶을 정도로 엉덩이가 들썩였다. 그럴 때는 트럭 안으로 옮겨야 했다. 라다크에 가느라 목숨까지 걸 생각은 없었다. 지붕을 오르락내리락 하기를 아무리 반복해도 귀찮기는커녕 신나기만 했다.

히말라야를 넘는 동안 상점이나 식당은 보이지 않았다. 우리는 비상식량으로 들고 다니던 비스킷을 먹으며 끼니를 때워야 했다. 비스킷은 여권만큼이나 여행의 필수품이었다. 여행을 하다 보면 어떤 긴급 상황이 벌어질지 모르기 때문에 항상 비상식량을 가지고 다녔다. 몇 번 굶어본 경험이 있어 절로 몸에 밴 습관이었다.

끼니를 해결할 곳은 없어도 군대의 검문 초소는 많았다. 우리는 수시로 여권을 보여 주며 신원 확인을 해야 했다. 라다크는 중국과 파키스탄의 접경지대와 가까운 곳이었다. 인도와 중국, 파키스탄 3국은 아직도 영토 분쟁이 해결되지 않아 가끔 무력 충돌이 일어나곤 한다. 인도와 중국 사이의 국경은 아직도 확정되지 않았다. 두 나라는 육로로 국경을 넘을 수 없다. 서로 자기 땅이라고 생각하는 부분이 다르니, 출입국 사무소를 설치할 수도 없을 것이다. 대충 설치했다가는 서로의 군대가 들이닥쳐 살벌해질 판이었다.

중국은 그렇다 치고, 다급한 건 인도와 파키스탄 사이의 분쟁이다. 인도와 파키스탄은 정치적으로나 종교적으로나 서로 앙숙이어서 과격분자들의 폭탄 테러가 종종 일어난다. 가슴 아픈 사실은 인도와 파키스탄이 본디 한 나라라는 것. 마치 한국과 북한처럼 한 나라였지만 분단된 후로는 서로 잡아먹지 못해 안달이다.

인도가 영국령이었을 때 독립운동을 이끈 건 '마하트마 간디'와 훗날 인도의 초대 총리가 되는 '자와할랄 네루'였다. 그리고 한 사람 더, '무하마드 알리 진나'가 있었다. 간디와 네루는 힌두교였지만 알리 진나는 이슬람교의 지도자였다. 그때까지만 해도 인도는 힌두교와 이슬람교가 서로의 교리를 존중하며 다투지 않고 잘 지냈다고 한다. 하지만 영국은 인도의 독립을 저지하기 위해 두 종교를 이간질하는 분열책을 썼다. 영국으로서는 인도라는 거대한 나라의 힘을 분산시켜야지만 식민 지배를 유지할 수 있었을 것이다. 영국의 이간질에 넘어가지 않았으면 좋았으련만, 두 종교는 서로의 금식 규율이 다른 걸 빌미로 크게 대립한다. 힌두교는 소를 신성시해 소고기를 안 먹고, 이슬람교는 돼지를 부정하게 여겨 돼지고기를 안 먹는다. 종교를 떠나 민족의 스승으로 추앙 받던 간디의 중재로 험한 꼴은 면하고 있었지만, 간디가 암살당하자 두 종교는 그 길로 각자의 노선을 걷게 되었다. 결국 인도는 종교에 따라 분리되어 힌두교는 인도, 이슬람교는 파키스탄으로 독립하게 되었다. 심지어 두 나라는 핵무기를 보유하고 있어서 대립의 긴장감도 남다르다.

트럭은 영토 분쟁의 최전선을 달리고 또 달렸다. 비통한 역사를 품은 국경 지대였지만 히말라야는 인간의 일에 무심했다. 여전히 웅장하고 엄숙했으며 거칠었다. 갈수록 고도가 높아지니 나무는 고사하고 풀도 제대로 보이지 않았다. 계곡에는 석회 성분이 가득해 뿌연 물이 흐르고 있었다. 전형적인 히말라야 고산지대의 풍경이었다. 라다크가 지척에 있는 모양이었다. 히말라야에서 가장 경이로운 것은 이 불모지에도 사람이 산다는 것이다. 여기에 뿌리를 내리고 문명을 일군 사람들을 생각하자 가슴속 아득한 데서부터 감동이 밀려왔다.

밤을 새울 기세로 달리던 트럭은 12시가 넘어 갑자기 멈추었다. 운전사는 난데없이 여기서 자고 가자고 했다. 여기서? 우리는 귀를 의심했다. 사방에 인적이라곤 없는 후미진 산길이었으니. 어이가 없었지만 다른 방법도 없었다. 우리는 트럭 지붕에 잠자리를 만들고 침낭에 몸을 숨겼다. 눕고 보니 밤하늘에 별이 가득했다. 낯선 경험은 여행의 재미를 더한다. 히말라야 호텔의 펜트하우스에서 보내는 하룻밤이었다.

하지만 마냥 신나는 것만은 아니었다. 우리는 본의 아니게 누군가의 기본권을 침해하고 있었다. 트럭은 땔감용 나무를 한가득 싣고 라다크로 가는 중이었는데 조수 한 명이 짐칸에 올라가더니 울퉁불퉁한 나뭇더미 위에 두꺼운 담요 한 장을 깔고 눕는 것이었다. 맙소사.

생각해 보니 트럭의 내부엔 좌석이 두 줄이라, 두 사람이 발을 뻗고 누우면 한 사람은 지붕에서 자야 했다. 그런데 그 자리를 우리가 차지한 것이다. 알량한 돈 몇 푼에 우리는 청년의 기본권을 침해한 것이다. 마음이 무거웠다. 지붕이 좁긴 해도 같이 눕자며 그를 불렀지만 그는 극구 사양했다. 하지만 자리를 바꾸자는 말은 끝내 내 입에서 나오지 않았다. 나는 저 나뭇더미 위에 누울 자신이 없었다. 그에게는 미안하지만 나는 이기적인 사람이 될 수밖에 없었다. 두 눈을 질끈 감고 그를 외면하며 잠을 청했다. 그때를 생각하면 지금도 마음이 무거워진다.

날이 밝아 트럭은 다시 출발했다. 얼마 안 가 개울이 하나 나왔다. 히말라야의 만년설이 녹은 물이었다. 천년 전에 쌓인 눈이 지금 녹은 건지도 몰랐다. 조수가 천년 된 물로 밥을 지어 함께 나누어 먹었다. 숟가락이 모자라 현지인처럼 손으로 먹었다. 오랜만에 밥 같은 밥을 만나 정말 정신없이 퍼먹었다. 노천 호텔에서 자고, 노천 레스토랑에서 밥을 먹는 환상적인 히말라야 투어, 그야말로 신선놀음이 따로 없었다.

　식사를 마친 우리는 이내 다시 달렸고, 드디어 우리의 첫 번째 목적지인 라다크의 '알치'에 도착했다. 우리는 여행의 묘미를 선사해 준 트럭 운전사 일행에게 깊이 감사하며 그들과 작별했다. 아마 이들을 다시는 만나지 못하겠지. 아쉬움을 뒤로하고 우리는 숙소를 찾아 걸었다. 알치는 차가 거의 다니지 않는 조용한 시골이었다. 번잡한 문명을 외면하는 알치가 단박에 마음에 들었다. 드디어 오래된 미래가 시작되었다.

보리밭을 흔드는 바람*

Alchi, India

알치는 온 사방이 보리밭이다.

바람이 불면 보리가 슥슥 소리를 내며 춤을 춘다.

그 우아하고 가냘픈 하늘거림은 세상의 어떤 몸짓보다 황홀한 것.

알치에서 지내는 사흘 동안 매일 보리밭을 구경해도 지겨운 줄 몰랐다.

매번 새로운 몸짓과 새로운 소리였으니.

슥슥, 쏴솨, 스윽슥.

하염없이 보리밭 사이를 거니는 것. 알치를 느끼는 가장 훌륭한 방법
이다.

*〈보리밭을 흔드는 바람〉은 켄 로치 감독의 영화 제목을 빌려왔습니다.

#29 오래된 미래

Alchi, India

알치는 불모지 히말라야에 갑자기 나타난 오아시스 지대였다. 땅에서 물이 솟으니 작물이 자라고 식수가 해결되어 사람이 모이는 건 당연한 이치였다. 그래 봐야 백여 가구 남짓의 작은 마을이지만. 마을 초입에 숙소 몇 개가 있었다. 대부분 가정집을 개조해 만든 소규모 게스트하우스였다. 그중 소박한 정원을 가진 숙소 하나가 눈에 띄었다. 꾸미지 않은 정원이 목가적인 운치를 풍기는 집이었다.

방을 보여 달라고 했다. 그러나 안타깝게도 주인 여자가 보여 준 방은 추레해 보였다. 바닥에는 새까맣게 더께가 앉은 카펫이 깔려 있었고 낡은 철제 침대는 보기만 해도 삐걱거리는 소리가 들리는 것 같았다. 정전이 잦은지 협탁에는 태우다 만 초가 놓여 있었다. 정원은 일품인데 방은 보잘것없구나. 하지만 우리는 이미 정원에 매혹되어 있던 터라, 어지간하면 묵을 생각으로 들어온 숙소였다. 혹시나 하는 마음으로 다른 방을 보여 달라고 했다. 주인 여자는 우리를 위층으로 안내했다. 그녀가 방문을 열자, 우리 입에서는 탄성이 절로 터져 나왔다. 환상적인 방이었다. 모두 8개의 큼직한 창이 있어 방 안은 쏟아지는 빛으로 가득했고 부드럽게 손때가 앉은 목제 침대에는 화사한 꽃

무늬 시트가 깔려 있었다. 더없이 깨끗하고 쾌적한 방이었다. 먼저 봤던 방보다 약간 더 비싼 건 당연한 이치였다. 우리가 애초에 저렴한 방을 보여 달라 하긴 했지만…… 이 아주머니 장사 수완이 너무 없으시다.

중년의 주인 부부는 분주했다. 1년 중 4개월만 길이 열리는 라다크의 대목을 맞이하기 위해 숙소를 단장하느라 여념이 없었다. 게다가 본업인 보리농사도 해야 했다. 부부의 집을 앞뒤로 두른 밭은 규모가 꽤 컸다. 나에게는 아름다워서 숨 막히는 보리밭이었지만 부부에게는 까마득한 일거리라서 숨 막히는 보리밭이었다.

산책을 나가는 길이었다. 일이 고단했는지 주인 아주머니가 마당에서 낮잠을 자고 있었다. 흙바닥인데 자리도 깔지 않고서 말이다. 그러나 그게 대수인가. 이제 막 도착한 여행이라, 내 마음은 이미 바깥에 가 있었다. 나는 물 만난 고기처럼 펄떡이며 밖으로 뛰쳐나갔다.

두어 바퀴 동네를 돌고, 물이며 과자 따위를 조금 사서 숙소로 돌아왔다. 그런데 이번에는 아저씨가 마당에서 낮잠을 자고 있는 게 아닌가. 부부가 교대로 자는 모양이었다. 그들의 질박한 낮잠 앞에 내 발걸음이 묶여 버렸다. 참 정직한 잠이었다.

정직하게 일하는 자만이 정직하게 잠들 수 있다. 이 부부는 일할 수 있어서 행복하고, 일한 만큼 행복할 수 있는 노동의 숭고한 의미를 실천하며 살아가는 사람들이었다. 단순해서 아름다운 삶이었다.

라다크는 겨울이 8개월이나 된다고 한다. 평균 기온은 영하 20도라

고 하니, 여름에 여행하는 게 천만다행이었다. 1년 내내 비가 오지 않는 무척 건조한 곳이라 항상 모래 먼지가 날렸고, 고도가 높아서 그런지 햇살이 뜨겁다 못해 따가운 곳이었다. 라다크 대부분이 풀 한 포기 자라지 않는 척박한 땅이라 사람들은 오아시스를 중심으로 몇십 가구가 옹기종기 모여 보리를 경작하며 살았다. 라다크에는 오염원이 아예 없어 하늘과 공기는 언제나 맑았다. 그만큼 사람들도 맑았다.

라다크 사람들은 좀처럼 화내는 일이 없다. 우리 기준대로라면 그들은 육체노동에 신음하고, 가난을 저주하며 궁색한 얼굴을 하고 있어야 했다. 그러나 웬걸, 세상에 더없이 평온한 얼굴로 사는 사람들이었다.

하지만 라다크의 고유한 문화는 예전에 비하면 지금은 많이 파괴되었다고 한다. 『오래된 미래』는 '헬레나 노르베리 호지'라는 서구 언어학자의 책 제목이었다. 그녀는 16년간 라다크에 머물며 라다크의 원시 문화를 목격한 몇 안 되는 서구인이었다. 서구 문명이 라다크를 어떻게 파괴하고 있는지 책을 통해 안타까움을 토로했다.

그녀는 서양의 개발 사회가 파멸과 소진으로 치닫는 데 경종을 울리고, 세계가 지향해야 할 미래를 전통의 생활 방식에서 찾고 있었다. 내가 본 라다크는 지금도 여전히 경이롭지만, 오랫동안 라다크를 지켜본 헬레나의 지적대로라면 지금 라다크는 파괴가 한참 진행중인 것이다. 우리들 여행자 모두가 함께 생각해 봐야 할 문제이다. 여행지에서 행동을 조심하고 또 조심해야 할 의무를 새삼스럽게 느꼈다. 모두가 그런 마음을 지킬 때 라다크의 소중한 가치도 지켜질 것이다.

혼자서 가만히 상상해 본다.

개발 사회가 라다크를 오염시키는 게 아니라,

도리어 라다크가 개발 사회를 정화하는 것을.

10년 후

Alchi, India

앞마당에서 제 친구와 놀고 있는 아이였다. 정말로 예뻤다. 아이에게 사진을 전해 주면 좋은 선물이 될 텐데. 근처에는 사진관이 없으니 주소를 물으려고 어른을 찾았는데 아무도 없었다. 아이에게 주소를 물었지만 말이 통할 리 없었다. 주소의 개념을 알기나 할까? 보디랭귀지 대회가 있다면 1등 할 자신이 있을 정도지만 이번 만큼은 역부족이었다. 발길을 돌릴 수밖에 없었다.

10년 후에 아이 사진을 들고 다시 한 번 찾아가고 싶다. 아이는 길에서 만난 나를 기억하지 못하겠지만, 사진이 우리의 구멍 난 기억을 금방 메꾸어 주겠지.

내친김에 주인에게 보내지 못한 사진들을 죄다 가지고, 내가 여행한 곳들을 다시 한 번 둘러보고 싶다. 이사한 사람, 유명을 달리한 사람, 알아볼 수 없는 사람도 많을 것이다. 하지만 10년 사이에 변한 세상을 만나는 것 또한 얼마나 재미있을까. 여행은 계속되어야 한다.

#31 의지가 있는 곳에 길이 있다
Nepal

'Naturally Nepal, Once is not enough.' (자연 그대로의 네팔, 한 번으로는 부족합니다.) 네팔 관광청의 슬로건이다. 속으로 '맞아 맞아'를 연발하며 동의할 수밖에 없는 말이다.

인도와 중국 사이에 끼여 있는 네팔은 서아시아의 작은 나라지만 여행하는 사람들에겐 결코 작은 나라가 아니다. 네팔은 부처님이 태어난 나라가 아니던가. 그럼에도 국교는 힌두교라서 불교와 힌두교가 한데 어우러진 독특한 문화를 만날 수 있는 곳이다. 하지만 뭐니 뭐니 해도 네팔을 가장 빛나게 하는 건 히말라야산맥이다.

파키스탄, 인도, 중국, 부탄, 네팔에 걸친 장대한 히말라야산맥에는 8,000미터가 넘는 봉우리가 14개나 있다. 히말라야를 빼고 세상에서 가장 높은 산은 7,000미터가 채 되지 못하니 지구에서 7,000미터가 넘는 산은 죄다 히말라야에 있다. '세계의 지붕'이라고 불리는 히말라야에서 가장 높은 산은 우리에게 익숙한 에베레스트 산이다. 무려 8,848미터. 나는 에베레스트의 높이를 말하는 것만으로도 숙연해진다. 그런 에베레스트가 바로 네팔에 있으니, 신이 네팔에 주신 가장 큰 선물일 것이다.

에베레스트는 오랫동안 인간의 발길을 허락하지 않았다. 제국주의 시절에 본격적인 초등(初登) 경쟁이 시작되었고 서구의 여러 나라에서 돌아가며 도전과 실패를 반복했다. 인명 피해도 많았으나 1953년 영국 원정대의 '에드먼드 힐러리'와 네팔 원주민 '텐징 노르가이'가 최초로 에베레스트 등정에 성공했다. 그 후로, 등반 기술의 비약적인 발전과 장비의 경량화에 힘입어 이탈리아의 '라인홀트 메스너'는 히말라야에서

8,000미터가 넘는 14개의 봉우리를 모두 등정하게 된다. 1986년의 일이었다.

　최초의 완등 이후 오늘까지 27년 동안 30명(2013.5.19 기준)의 완등자가 나왔다. 한국에서만 무려 5명이 배출되었으니, 고 박영석, 엄홍길, 한왕용, 김재수, 김창호 대장이 그 영광의 이름이다. 이처럼 세계 등산계의 기록을 살펴보면 한국 산악인들의 기록 경쟁은 유난해 보인다.

　현대의 등산 방법은 등정주의와 등로주의로 크게 나뉜다. 등정주의는 산을 오르는 방법보다 정상에 오르는 결과를 중요하게 여긴다. 그래서 엄청난 물량과 인력을 동원해 산과 싸움하듯이 정상에 오른다. 수십 명의 스태프들이 베이스캠프를 차리고, 고도를 조금씩 높여 가며 두 번째, 세 번째 베이스캠프를 추가로 만들며 정상에 접근한다. 그리고 정상 아랫목의 마지막 베이스캠프에서는 눈보라나 산사태 따위의 기상 상태를 가늠해 가며 가장 컨디션이 좋은 대원 몇 명만이 정상에 오른다. 마지막 베이스캠프를 떠날 때 등반가들은 실제로 정상을 '공격'하러 간다고 얘기한다.

　반면 등로주의는 결과보다는 과정을 중요하게 여긴다. 무산소등정, 단독등정, 동계등정, 새로운 루트 등 산에 오르는 방법을 따져 물어 등산의 의미를 더욱 값지게 만든다. 등정주의가 산과 싸우는 게 중요하다면 등로주의는 자기 자신과의 싸움에 방점을 둔다. 현대의 산악계는 지나친 경쟁을 유발하는 등정주의보다 등로주의에 더 높은 가치를 부여하고 있다.

등로주의의 시작은 1886년으로 거슬러 올라간다. 알프스의 미답
봉들이 마터호른을 마지막으로 등정 완료되자 산악인들은 존재론
적인 의미 하나를 잃게 되었다. 그래서 앨버트 머머리가 "의지가 있
는 곳에 길이 있다"라며 이미 등정된 봉우리의 다른 루트를 찾아서 오

르기 시작했다. 일부러 어려운 길로 산을 오르며 등반의 가치를 부활시킨 것이었다. 그래서 미답의 고봉이 거의 없는 지금은 산소통 없이, 혼자, 겨울에, 최단시간, 집에서부터 걸어서, 최연소, 최고령 등등의 타이틀을 계속 개발하며 산악인의 도전은 계속되고 있다.

#32 이슬람 국가 여행하기

Pakistan

운명에 관한 몽테뉴의 우화가 있다. 왕자가 호랑이 때문에 죽는다는 예언을 듣게 된 왕은 아들의 사냥을 금지했다. 그래도 불안했던 왕은 아들을 궁궐 밖으로는 한 걸음도 못 나가게 했다. 궁궐 안에서만 놀게 된 왕자는 어느 날 파리를 잡기 위해 벽을 쳤는데, 그만 손에 큰 상처를 입고 말았다. 벽에 못이 튀어나와 있었던 것이다. 결국 왕자는 파상풍으로 죽게 된다. 그런데 왕자가 손을 다쳤던 벽에는 호랑이 그림이 그려져 있었으니, 왕자는 결국 호랑이 때문에 죽은 것이었다.

파키스탄을 여행할 때는 대지진의 여파가 채 가시지 않았을 때였다. 재앙으로 고통 받는 나라를 여행한다는 게 썩 개운치만은 않았다. 하지만 지진이 났다고 해서 파키스탄의 문화와 역사마저 사라진 것은 아닐 것이다. 그런 연유로 여행을 강행했다. 큰 지진이 있었던 뒤라 여진의 피해를 입을까 봐 걱정되기도 했지만, 따지고 보면 어디든 위험하지 않은 곳은 없다. 여진을 피해 다른 나라로 여행을 갔는데 그 나라에 지진이 일어날 수도 있고, 한국으로 돌아갔다가 교통사고를 당할지도 모르는 일이다.

이슬람 국가를 여행하기는 파키스탄이 처음이었다. 긴장되지 않을 수 없었다. 중국의 타슈쿠르간에서 출발한 버스를 타고 카라코람 하이웨이를 넘어 파키스탄으로 들어갔는데 그곳은 세계에서 가장 고도가 높은 고속도로, 그야말로 하이웨이(high-way)였다. 자리에 함께 앉은 파키스탄 청년들은 고국의 영토에 진입하자마자 세상에서 가장 천진난만한 표정으로 만세를 부르며 환호했다. 고국으로 돌아온 게 그렇게도 좋을까. 나에게 창밖을 보라며 연신 '뷰티풀'을 외쳤다. 중국 쪽 국경을 넘기 전에 보던 풍경과 별반 다를 게 없는데도 말이다.

밤이 되어 하룻밤을 묵어가야 했다. 길이 험해 무리한 주행을 할 수 없었다. 나는 파키스탄 청년 세 명과 한방을 쓰게 되었고 우리는 다 같이 저녁을 먹었다. 차파티와 카레. 산맥 하나를 넘었을 뿐인데 중국과 전혀 다른 음식들이 펼쳐져 있었다. 더구나 파키스탄 사람들은 피부가 까무잡잡하고 코가 날렵한 인도-아리아인의 후예라 인종적으로도 중국과 달랐고, 손으로 밥을 먹으니 문화 자체가 달랐다.

카레는 대부분 야채와 콩으로 만든 것들이 나왔다. 가난한 이들의 밥상이었다. 그런데 닭다리 하나가 얹혀진 카레가 한 접시 있었다. 우리는 각자 접시를 하나씩 차지하고 먹은 게 아니라 여러 가지 카레를 함께 나누어 먹었으니, 닭다리를 먼저 집는 용기를 보여 주는 사람은 아무도 없었다. 접시 중간에 오도카니 남아 있던 닭다리는 결국 내 밥그릇 위에 올려졌다. 옆자리의 친구가 올려 준 것이다. 이걸 어떻게 나 혼자 먹으라고…… 나는 극구 사양했지만 끝내 못 이기는 척 넙죽 받고 말았다. 먹고 싶은 건 사실이었다. 대신 계산할 때 내가 조금 더 내면 될 일이라고 생각했다. 그러나 그건 어디까지나 내 착각이었다.

내가 돈을 더 내려고 하자, 청년들은 깜짝 놀라며 서둘러 자기들끼리 돈을 모아서 셈을 치러 버렸다. 졸지에 더 내기는커녕 얻어먹은 꼴이 되어 버렸다. 너무 순식간에 일어난 일이라 말릴 틈도 없었다. 나는 미안한 마음을 감사하다는 인사로 대신하는 수밖에 없었다. 그런데 청년들의 대답이 더 가관이었다.

"너는 우리의 손님이니 우리가 당연히 밥을 사야 해. 그러니 고맙다는 말은 하지 않아도 돼."

뭐라고? 나는 내 귀가 의심되었다. 내가 무슨 손님이란 말인가. 우리는 오늘 만났고 고작 같은 버스를 탔을 뿐인데. 아무리 다른 문화권이라지만 이 정도면 문화 충격이었다. 여기가 뉴스에 만날 나오는 그 무서운 이슬람이 맞나?

세상에 이런 사람들도 있구나. 파키스탄 사람들의 '전투적인' 친절은 적응이 힘들 정도였다. 중국에서부터 함께 넘어온 청년들은 오히려 약과였다. 버스에서 내린 뒤 인근 도시로 가기 위해 길 가던 사람에게 시외버스 터미널이 어딘지 물었다. 그런데 이 사람이 대답은 하지 않고 내 손을 꼭 잡더니 10분을 넘게 걸어서 터미널에 데려다 주는 게 아닌가. 그것도 모자라 어디 가느냐고 묻고는 자기 돈으로 버스표를 사는 것이었다. 아직 끝난 게 아니었다. 그는 제과점에 들어가더니 빵과 과자를 막 주워 담아 내 가슴에 안겨 주었다. 내가 지갑을 꺼낼 새도 없이 자기가 계산해 버린 건 물론이었다. 이 사람, 얼토당토않은 사례를 요구하는 건 아닐까? 슬슬 걱정되기 시작했다. 하지만 그는 이미 손을 흔들며 떠나는 중이었고 이내 연기처럼 인파 속으로 사라졌다. 지금 나에게 무슨 일이 일어난 거지? 뭐가 뭔지 알 수 없었다. 나는 가슴에 빵 봉투를 안은 채 바보처럼 멍하게 한참을 서 있어야 했다.

내가 만난 몇몇 사람만이 유난히 친절한 게 아니었다. 파키스탄에서는 사람들에게 길을 물어보면 자기를 따라오라며 직접 데려다 주기 일쑤였고, 좀 멀다 싶으면 택시를 타고 데려다 주었다. 내가 택시 요금을 치르겠다고 해도 절대 못 내게 하고 나를 데려다 준 사람은 다시 택시를 타고 돌아가곤 했다. 나중에는 미안해서 길 물어보기가 무서울 정도였다. 어디 그뿐인가, 길을 걷고 있는데 한참 떨어진 어디선가 누가 부르길래 가보면, 생판 모르는 사람이 음식을 같이 먹자곤 하는 일이 빈번했다.

فی کلو:
RS: 250
سرکاری اوقاتِ کار
صبح 8:00 تا 2:30
ٹراؤٹ فش ہر وقت تیار ہیں

　파키스탄 사람들은 우리의 기준을 훨씬 상회하는 친절이 몸에 밴 사람들이었다. 나는 무슬림에게 매료되지 않을 수 없었다. 이란을 거쳐 아라비아반도의 여러 나라들을 여행하는 동안에도 무슬림은 경쟁하듯이 여행자에게 친절을 베풀어 주었다. 그냥 친절한 정도가 아닌 폭발적인 친절이었다. 언론을 통해 만나는 이슬람은 악마처럼 그려지곤 하지만 그것은 어디까지나 일부 근본주의 단체의 만행일 뿐, 몸으로 만난 이슬람 사람들의 심성은 천사 중의 천사였다.

　세계여행을 하고 있는 사람을 만나서 어느 나라가 가장 좋았느냐는 질문을 하면 으레 파키스탄과 이란이 등장했다. 다음으로는 시리아, 예멘, 리비아 순이었다. 과학적인 통계는 아니지만 내가 만난 여행자들에게 들은 바로는 그렇다. 여행자들이 손꼽는 이 나라들의 공통점은 죄다 이슬람 국가라는 것이다. 그러나 이 나라들은 '죽기 전에 꼭 가봐야 할 곳' 같은 목록에 이름을 올리는 경우가 드물어서인지 사람들이 많이 찾지 않는 나라다. 서방세계와의 대립을 비롯해 주로 정치적인 문제가 원인이 되어 정서적으로 거리감을 느끼기 때문일 것이다. 거기에 더해 척박한 자연환경과 여행을 불편하게 만드는 무더운 날씨도 한몫했을 것이다.

　씁쓸한 아이러니지만 여행하는 사람들이 적기 때문에, 엄지를 치켜들 수밖에 없는 나라가 되는 것이기도 하다. 여행자들로 북적이는 나라는 필연적으로 상술이나 바가지 같은 자본주의의 어두운 얼굴을 드러내기 마련이니까. 가본 사람들은 안다. 이슬람 국가들은 순박한 천사들이 가득한 곳이라는 것을.

#33 뜨거운 삶은 계속된다

Pakistan

아메드는 자기가 도대체 어디로 나왔는지 모르겠다고 했다. 그러면서 무너진 집의 잔해를 가리켰는데 내가 봐도 도저히 틈이 없었다. 그는 8년 동안 한국에서 번 돈으로 집을 지었다고 했다. 그간의 노력이 한순간에 사라진 것이었다.

하지만 자기와 부모님 모두 살아 있으니 그걸로 괜찮다고 했다. 하느님이 집을 빼앗아 갔으니 대신에 다른 걸 주실 거라고 했다. 지진의 여파 때문인지 온 동네에 먼지가 가득 차 있었다. 나는 먼지를 핑계 삼아 헛기침을 하며 눈물을 훔쳐야 했다.

일대의 모든 숙소가 무너져 여행자가 지낼 곳이 없었다. 나는 어쩔 수 없이 아메드의 천막집에 묵어야 했다. 터키의 긴급 구호단체에서 지어 준 천막집이었다. 아메드는 한국인 친구들의 사진을 보여 주며 한국에서의 8년을 추억했다. 외국인 노동자인 자신에게 호의를 베풀어 준 사람들을 잊지 않고 있었다. 그때 받은 은혜를 갚기 위해 나를 자기 집에 데려온 것이라고 했다.

곧 저녁 식사가 준비되었는데, 천막집 주변에 풀어놓고 키우던 닭

을 잡은 모양이었다. 아메드는 아내에게 특별히 주문해서 닭볶음탕과 유사한 요리를 만들게 했다. 이 닭을 어떻게 입에 갖다 대란 말인가. 황송해서 어쩔 줄 몰랐다. 아메드는 자기 집이 이렇게 되어 누추하긴 해도 손님이 온 것을 영광으로 여긴다고 했다.

먼지가 자꾸만 눈에 들어가는 건지 또 눈물이 맺혔다. 재앙 아래서 도 뜨거운 삶은 계속되는구나.

#34 웃어 주어서 고마워

파키스탄 스왓 계곡에서 현지인 교사를 알게 되어 그의 집에 초대 받았다. 아주 외진 마을이었다. 우리는 뒷산을 산책하고 마을로 돌아가는 중이었다. 좁은 산길에서 물동이를 인 소녀 둘이 올라오는 게 보였다.

그런데 아이는 이방인을 보자마자 난데없이 울음을 터트렸다. 모든 사람이 전통 복장을 한 시골이라서 내 옷차림은 대번에 눈에 띄었던 것이다. 제자리에서 얼어붙은 채 서럽게 울어대는 아이.

어찌할 바를 몰라 당혹스럽기는 나도 마찬가지였다. 소녀에게 길을 비켜 주기 위해 빨리 내려가고 싶었지만 그러면 소녀를 향해 성큼성큼 다가가는 꼴이 되어 버리니 더욱 겁먹을 게 뻔한데. 그렇다고 다시 산으로 올라갈 수도 없었다. 나도 안절부절못하고 제자리에 얼어붙어 버렸다. 선생님이 먼저 내려가서 소녀를 달랬다. 내가 아이를 잡아먹는 괴물이 아니란 걸 잘 이해시켜 줘야 할 텐데.

한참이 지나서야 아이는 울음을 그쳤다. 그리고 언제 울었냐는 듯이 새침한 표정을 지으며 나를 스치고 지나갔다. 아이의 뒷모습을 보며 가슴을 쓸어내렸다. 얼마나 놀랐을까. 내가 잘못한 건 없지만 그저 미안해할 수밖에 없었다. 아이는 내 마음을 아는지 모르는지, 나를 돌아보더니 난데없는 웃음을 지어 보였다. 허를 찔린 기분이었다. 아이의 웃음을 보고 얼마나 안도했는지 모른다. 별스런 일로 미안함과 고마움이 오고 갔다. 달려가서 안아 주고 싶을 정도로 예쁜 웃음이었지만 나는 꾹 참았다. 그랬다간 더 크게 울어 버렸을 테니까.

#35 스티브 맥커리
Galle , Sri Lanka

스리랑카 남부의 갈(galle) 해변, 물고기들이 많기로 이름난 곳이었다. 해변에서 낚시하던 그곳 사람들은 모든 인간이 다 그렇듯 더 큰 물고기를 욕망하게 되었다. 배를 타고 멀리 나가면 될 일이었지만, 갈은 파도가 너무 거세 배를 띄울 수 없었다. 먼바다는 가까운 바다보다 물고기도 많고 크기도 더 큰 법이다. 배를 띄울 수 없는 어부들은 큰 물고기를 잡아서 가족들을 배부르게 먹이지 못하는 것이 괴로웠다. 그렇다고 그물을 사용하지는 않았다. 자연과 공존하는 그들 나름의 방법이었다. 그물로 고기를 남획하면 물고기가 남아나지 않을 테니까. 그래서 조금이라도 먼바다로 나가기 위해 어부들이 고안해 낸 것은, 해변에서 멀리 떨어진 데까지 들어가 바위틈에 긴 막대를 꽂고 그 위에 올라 낚시하는 것이었다. 어부들은 해변에 서서 낚시할 때보다 더 큰 물고기를 잡을 수 있었다.

이것이 한 손으로는 작대기를 잡고, 한 손으로는 낚싯대를 잡는 장대낚시의 유래다. 오직 스리랑카의 남부 해안에서만 볼 수 있는 풍경이라고 한다. 스리랑카의 갈은 내 아시아 여행 편력의 종착지였다. 나는 경로를 정하지 않고 다녔었다. 그때그때 사정에 맞춰 정처 없이 떠도는 여행이었다. 하지만 아시아 여행의 마침표는 늘 정해져 있었다. 스리랑카의 갈이었다. 정말 가보고 싶은 곳이었다. 그토록 갈을 갈망했던 것은 한 명의 사진가 때문이었다. 바로 '스티브 맥커리'다.

세계에서 가장 저명한 사진 에이전시인 매그넘에 소속된 스티브 맥커리는 전 세계를 유랑하며 사람들을 촬영한다. 세계적인 권위를 가진 《내셔널 지오그래픽》 역사상 가장 유명한 사진으로 꼽히는 '아프가

니스탄 난민 소녀'를 찍은 작가가 스티브 맥커리다. 구소련이 아프가니스탄을 침공했던 1979년 당시, 그는 전쟁의 참상을 고발하기 위해 목숨을 걸고 아프가니스탄에 침투해서 취재를 하고 있었다. 그중에는 난민 캠프에서 찍은 10대 소녀의 초상 사진도 있었다. 이 사진이 《내셔널 지오그래픽》의 표지사진이 되면서 세계인의 심금을 울렸고, 아프가니스탄 난민 구호를 위한 모금 또한 대성황을 이루게 되었다. 스티브 맥커리는 자신이 촉발시킨 세계적인 호응을 소녀에게 직접 알려주고 싶었다. 하지만 소녀를 만났던 난민 캠프는 이미 철거된 후였고 오랫동안 수소문해도 그녀를 도저히 찾을 수 없었다고 한다. 그녀는 뿌리를 잃어버린 난민이었기 때문에 행적을 더듬는 데 한계가 있었다. 그녀의 사진은 전설적인 지위에 올라 있었고, 이후에도 계속해서 인구에 회자되었다. 기회가 있을 때마다 스티브 맥커리는 여전히 그녀를 찾고 있다는 애타는 마음을 전했었다.

그러다 근 20년 만에 기적 같은 회신이 왔다. 아프가니스탄에 다시 전쟁이 일어난 직후였다. 구소련의 침공 때문에 초토화된 아프가니스탄은 재건을 미처 끝내기도 전에 미국의 침공을 당해 쑥대밭이 되어버렸다. 스티브 맥커리는 이번에도 아프가니스탄에 가서 전쟁의 상흔을 취재하게 된다. 그러던 중 누군가의 제보로 직접 가서 20년 전의 그녀를 확인하기에 이른다. 20년 만이었지만 스티브 맥커리는 그녀의 눈빛을 보자마자 단박에 확신할 수 있었다고 한다. 그 사이에 소녀는 한 남자의 아내이자 아이들의 어머니가 되어 있었다. 근본주의 이슬람 정권인 탈레반의 폭정은 아프가니스탄 성인 여성으로 하여금 외간 남자에게 얼굴을 보여 줄 수 없게 한다. 스티브 맥커리는 남편의 허락을 얻어 20년 만에 기적적인 재회의 사진을 찍었고, 이 사진은 다시 《내셔널 지오그래픽》의 표지를 장식하며 한 편의 드라마를 완성했다. 스티브 맥커리의 '아프가니스탄 난민 소녀' 일화는 사진가의 행운, 노력, 실력 등으로는 미처 다 설명되지 않는 기적 같은 이야기다. 그는 전 세계를 돌아다니며 작업한다. 나는 여행과 삶을 일치시킨 그가 너무나 부러웠다.

나는 오랫동안 스티브 맥커리의 사진을 보면서 여행의 꿈을 키워왔다. 그런데 그의 수많은 사진 중에서도 유독 나를 매혹시킨 사진이 있었는데, 바로 앞서 설명한 스리랑카의 전통 낚시법을 찍은 사진이었다. 까닭 없이 나를 사로잡은 그 사진은 이국의 정취를 담은 사진이 보여줄 수 있는 어떤 절정 같았다. 나는 그곳이 어딘지 전혀 짐작할 수 없었다. 낯설게 생긴 사람이 낯선 옷을 입고 기예 같은 자세로 낚시를 하는 그곳은 어디일까? 여기도 지구일까? 그곳에 꼭 가보고 싶었다. 그곳은 전혀 새로운 바람이 불고, 새로운 파도가 치는 곳일 거라는 환상에 사로잡혔다. 그 사진은 콘스탄티노플의 장사꾼이 꿈속에서 본 이집트처럼 나에게 그곳에 가라고 명령하는 것 같았다. 나는 기어이 갈에 가서 스리랑카 장대낚시의 사진을 찍었다. 스티브 맥커리의 지상 명령에 응답하는 순간이었다. 스티브 맥커리는 나를 여행의 세계로 이끌어 준 감사한 선배님이다.

#36 카메라 도둑

길에서 만난 아이들은 내 카메라를 가지고 노는 경우가 많았다. 항상 두 대의 카메라를 들고 다녔으니 구태여 말릴 필요는 없었다. 카메라를 가지고 노는 아이들을 찍을 수 있는 여분의 카메라가 있었으니까. 카메라가 무거우니 떨어뜨리지 않게 조심해야 한다는 주의를 주는 게 고작이었다. 말도 통하지 않는 아이들이 용하게도 뜻을 알아먹는 게 감사할 따름이었다. 아무리 주의를 주어도 '너는 떠들어라, 나는 놀련다' 하는 대단한 개구쟁이 녀석들도 간혹 있다. 그때는 직접 카메라 스트랩을 아이 목에 걸어줄지언정 아이의 장난감을 빼앗지는 않는다. 아무도 모른다. 카메라를 가지고 놀던 그 아이가 훗날 위대한 사진가가 될지. 그런 경이로운 일이 일어나기를 내심 바라며 아이들에게 카메라를 건넸다. 나는 꼬마 사진가의 조수를 자임해서 사진을 찍을 수 있게 줌렌즈 사용법이나 초점을 맞추는 방법을 알려주기도 했다. 그것은 여행하는 사진가의 소임이었다.

80년대를 풍미했던 프랑스의 사진작가 '포콩(Bernard Faucon)'은 이제 신작을 발표하지 않는다. 그를 세계 사진계에 화려하게 데뷔시킨 『여

름방학Les Grandes Vacances』이라는 사진집은 연출 사진을 공부하는 학도들에게는 여전히 교과서로 꼽힌다. 성공 가도를 달리던 포콩은 불현듯 개인 작업을 중단하고 새로운 일에 매진했다. 세계 각국의 청소년에게 일회용 카메라를 나눠 주고 사진을 찍게 하는 프로젝트였다. 일회용 카메라는 이런저런 조작 기능이 아예 없을뿐더러, 사진에 대해 따로 교육 받지 않은 아이들은 노출이니, 구도니 신경 쓰지 않고 제 감성이 이끄는 대로 자유롭게 사진을 찍었다. 그 결과물은 어땠을까? 훌륭했다. 아이들이 순수한 시선으로 만들어 낸 사진은 예술적으로 손색이 없었고 전문 사진가들을 탄성과 함께 반성하게 만들었다. 포콩은 아이들의 사진을 국가별로 모으고 선별해서 〈내 청춘의 가장 아름다운 날〉이라는 제목으로 전시를 열었다. 그는 아직도 전 세계를 유랑하며 청소년에게 사진을 가르치고, 아이들과 신명 나는 사진 놀이를 벌이고 있다. 그런 의미에서 나도 포콩의 프로젝트에 남몰래 동참하는 격이었다.

아이들에게 흔쾌히 카메라를 건네준 덕분에 내 사진을 덤으로 얻기도 한다. 혼자 다니는 여행이라 찍는 사진은 많지만 정작 내가 나오는 사진은 거의 없다. 오가며 만나는 여행자에게 사진 한 장쯤은 쉽게 청할 수 있지만, 왠지 계면쩍어서 그런 부탁을 하지 않았더니 내가 나오는 사진은 거의 없다. 그나마 건진 것도 대부분 길에서 만난 꼬마 사진사들이 찍어 준 것이다.

아이들이 사진 찍는 걸 보고 있자면 사진 찍는 것도 참 쉬운 일이다. 검지로 버튼을 누르기만 하면 카메라가 알아서 밝기도 맞추고 초점도 맞춰 준다. 사진 찍는 게 내가 가진 잘난 능력인 줄 알았는데, 아무엇도 아니구나. 잘난 척하지 말아야지.

　두 대의 카메라를 들고 다녔던 이유는 필름에 대한 로망 때문이었다. 그렇다고 디지털의 효율성을 완전히 외면해 버릴 수는 없으니, 필름 카메라 한 대와 디지털카메라 한 대씩을 들고 다닌 것이다. 시대를 외면하는 고리타분한 소리인지 모르겠지만, 사진은 뭐니 뭐니 해도 필름이다. 해상도와 선명함을 따지자면 디지털이 월등히 앞서긴 해도 사진은 그처럼 기계적인 수치로 환원되는 것이 아니다. 영화용이든 사진용이든 모든 디지털카메라가 가장 닮고 싶어하는 건 필름 카메라다. 디지털카메라의 품질을 논할 때, 얼마나 필름처럼 보이는지가 기준이 된다. 필름이 발현하는 세상의 빛과 색은 아련하다. 우리의 정서 어느 한 귀퉁이를 살며시 쓰다듬으며 인간을 위무하는 탁월한 색감이다. 디지털이 만드는 날카롭고 선명한 화면은 인간의 정서에 미처 닿지 못하고 미끄러지기 일쑤다. 필름과 디지털의 차이가 작은 것일 수 있으나, 미세한 것들을 그러모아 큰 울림으로 승화시키는 작가에게는 중요한 질료의 차이다. 지금도 소위 '작품 사진'을 만드는 작가들은 특별히 기동성이 요구되거나 대량의 사진을 찍어야 하는 경우가 아닌 이상, 어지간해서는 필름으로 작업을 한다.
　디지털카메라가 등장한 이후로 '여행 사진'은 으레 디지털로 찍기 마련이지만 나는 필름의 묘미를 버릴 수 없었다. 필름은 열에 민감하고 유통기한이 짧아 보관에 특별히 신경 써야 한다. 현지에서 파는 필름의 상태를 믿을 수 없으니 한국을 떠날 때 아예 백 개가 넘는 필름을 짊어지고 떠났었다. 필름을 그렇게 많이 가지고 있으면서도 어디

선가 필름 전문점을 만나게 되면 다시 못 만날지도 모른다는 불안감 때문에 수십 통을 추가로 사곤 했다. 디지털카메라는 필름이 다 떨어질 때를 대비한 것이기도 했고, 상황에 따라 대량의 사진을 찍어야 하는 경우에 쓰기 위한 것이었다. 렌즈는 양쪽 카메라 공용으로 쓰는 것이니 다양하게 챙겨가고 싶었지만 무게가 만만치 않아 딱 두 개만 챙겼다. 그렇게 줄이고 줄여 필수적이라 여겨지는 것만 챙겼어도 이미 한 짐이었다.

무게만 문제가 되는 게 아니었다. 촬영한 필름의 후반 작업은 더 큰 골칫거리였다. 중국에서 필름 몇 통을 현상하고 스캔한 적이 있었는데, 언어 소통이 원활하지 못해서 그랬는지 문제가 많았다. 내 자식

같은 필름을 제멋대로 다루는 통에 필름 여기저기에 상처가 났다. 나는 정말 심장이 멎는 줄 알았다. 그렇다고 촬영한 필름을 현상하지 않고 여행 내내 들고 다니는 것도 변질과 분실의 우려가 컸다. 결국엔 한국의 어느 사진관과 협의해 우편으로 필름을 보내면 거기서 알아서 작업을 해주기로 했다. 하지만 우편으로 필름을 보낼 때도 마음 졸이기는 마찬가지였다. 혹여나 운송 도중에 분실될까 봐 필름을 몇 차례로 나누어서 보내야 했고 그 횟수가 늘어남에 따라 국제우편 비용도 만만치 않게 늘었다.

필름이 좋아서 내가 선택한 일이긴 하지만, 긴 여행 동안 필름으로 사진을 찍는 것은 무척이나 고된 일이었다. 그러다 보니 보상심리가 작용해서인지, 노고에 대해 떠들고 싶은 마음이 지금껏 굴뚝같았는데 말하고 나니 이제야 속이 좀 시원하다.

방글라데시의 콕스 바자르에서 있었던 일이다. 여행이 일 년을 훌쩍 넘겼을 때였다. 나는 아침에 못 일어나기로는 국가대표급인데 그 날은 이상하게 새벽 다섯 시에 잠에서 깼다. 새벽에 눈을 떠본 게 하도 오랜만이라, 내가 왜 일어났나? 멀뚱멀뚱 생각하며 침대에 걸터앉아 있었다. 바보스러운 소리지만 소변이 마려워서 일어난 줄 알고 요의도 없는데 화장실에 다녀왔다. 그런데 발에 뭔가 이상한 것들이 밟혔다. 낯익은 것들이었다. 먹다 남긴 비스킷, 여분의 필름, 생수병, 립글로스, 휴대용 칫솔 같은 것들. 내가 항상 들고 다니는 작은 배낭에 들어 있던 소지품이었다. 근데 저것들이 왜 바닥을 뒹굴고 있나. 나에게 몽유병이 있는 건가, 덜컥 겁이 났다. 나는 가끔 잠결에 허기를 느껴 무언가를 먹다가 다시 잠들곤 하는 고약한 버릇이 있었다. 기억이 하나도 없는데 아침에 일어나 보면 먹다 만 초코바가 손에 쥐어져 있곤 했었다. 이번에도 자다 말고 가방에 든 비스킷을 꺼내려다 물건을 죄다 흘려 놓은 건가. 사라진 기억을 쥐어짜고 있었다. 그 와중에 활짝 열려 있는 창문이 눈에 들어왔다. 덥고 습한 방글라데시는 모기가 기승을 부리기 때문에 창문을 닫고 잤는데 말이다. 아! 머릿속에 불이 켜졌다. 도둑이 든 것이다.

이제야 눈치채다니, 나는 사람이 아니라 커다랗고 뚱뚱하고 멍청한 형광등이었다. 도둑도 미웠지만 한참 동안 그것을 몰랐던 내가 더 미웠다. 상황을 파악해 보니 도둑은 창문의 쇠창살 사이로 긴 막대를 넣어 내 물건들을 낚시하듯이 가져간 모양이었다. 내 방에 난 창문과 옆 건물의 옥상은 아주 가깝게 붙어 있었고, 주변에는 범행에 사용되었을 긴 막대가 나동그라져 있었다. 젠장, 알맹이는 다 털어갔구먼. 다행히 카메라 두 대 중 디지털카메라는 남아 있었다. 자기 전에 침대에 누워 낮에 찍은 것들을 확인하고 카메라를 머리맡에 둔 덕분이었다. 하나 더 다행인 것은 인도에서 방글라데시로 넘어오면서 내 본래의 배낭을 인도에 맡겨 놓은 것이었다. 방글라데시는 이어서 다른 나라로 갈 수 있는 국경이 없어서 어차피 인도로 다시 돌아와야 했다. 그래서 작은 배낭에 짐을 추려 여행하던 중이었다. 본래의 배낭도 인도에 남아 있고 카메라도 한 대 남아 있으니 여행을 지속하지 못할 정도는 아니었다. 문제는 인도까지 돌아갈 여비를 다 도둑맞은 것이었다. 이 야무진 도둑은 벗어 놓은 바지 주머니에 들어 있던 약간의 돈까지 훔쳐갔다. 지독한 놈이었다.

숙소 주인에게 상황을 알렸다. 내가 묵었던 방은 하루에 이천 원이었는데 숙소 주인은 나에게 인도로 돌아갈 여비 삼만 원을 내어 주었다. 인도에 도착하는 대로 송금해 주겠다고 했다. 잠금장치가 허술한 창문을 방치한 숙소 주인이 도둑만큼 미웠지만 애꿎은 사람에게 피해를 줄 수는 없는 일이었다. 하지만 주인은 그냥 두라고 했다. 해외에서 돈을 송금 받는 방법을 모르겠다고 했다. 은행 계좌가 없는 모양이었다. 주인은 나와 함께 씩씩거리며, 자기가 그 도둑을 꼭 잡아서 카메라를 한국으로 보내 주겠다고 했다. 터무니없는 소리였지만 아쉬운 마음이 들어 주소를 적어 주었다. 그가 주소를 받더니 아주 심각한 얼굴을 하고는 대문자로 또박또박 다시 적어 달라고 했다. 꼭 찾아서 보내 주겠다고 맹세 같은 다짐을 반복하는 그는 여차하면 혈서라도 쓸 태세였다. 주인의 얼굴이 하도 진지하고 순수해 보여서 나는 그만 웃음을 터트렸다. 여러 정황상 숙소 주인도 함께 의심해 볼수 있었지만, 나쁜 마음을 먹은 사람이 저토록 순수한 표정을 지을수는 없으니까. 물론 숙소 주인이 내 카메라를 돌려보내는 기적은 일어나지 않았다.

여행은 '세상에 있을 수 없는 일이란 없다'는 것을 가르쳐 준다. 어디든 사람이 살아가는 곳에서 해결 못할 일은 없다. 돈 한 푼 남아 있지 않았지만, 무사히 인도로 돌아올 수 있었고, 필름 카메라가 없어서 아쉽기는 했어도 여행하는 데 지장은 없었다.

도둑은 한국에도 있고 방글라데시에도 있다. 여태 여행하는 동안 두 번 도둑을 맞았다. 한 번은 가난한 나라인 방글라데시였고 다른 한 번은 부자 나라인 호주였다. 곤경에 처한 나를 도와주고 위로해 준 이들도 그 나라의 이웃이었다. 부자라서 인심이 후한 것도 아니고, 가난하다고 야박한 것도 아니었다. 이런 사람, 저런 사람이 다 모여서 세계를 구성한다. 풍습은 달라도 사람들이 살아가는 근본적인 모습은 어딜 가나 매한가지였다.

필름 카메라를 도둑맞았으니 남은 필름은 필요 없는 물건이 되어 한국으로 보내 버렸다. 카메라도 하나 줄고 필름도 보내고 나니 배낭이 날아갈 것처럼 가벼워졌다. 이왕 이렇게 되어서 하는 고백이지만 사실 백 개가 넘는 필름은 지독하게 무거웠다. 필름의 우아한 질감을 포기할 수 없어서 꾸역꾸역 짊어지고 다닌 것은 그대로 내 욕심의 무게였다. 욕심을 내려놓자 배낭이 가벼워졌고, 배낭이 가벼워지자 여행은 더욱 즐거워졌다. 도둑은 필름 카메라뿐만 아니라 내 욕심도 가져간 셈이었다. 미워할 수도 없고 고마워할 수도 없는 도둑이지만 나에게 큰 가르침을 준 것만은 사실이다.

37

여행학교

　　카메라를 훔쳐간 도둑마저 내게 큰 가르침을 주었으니, 여행이란 길에서 선생님을 만나는 일이다. 여행지에는 현지인뿐만 아니라 전 세계의 여행자들이 모여 있으니, 그들과 대화를 주고받는 건 전 지구적 사유의 퍼즐을 맞추는 일이다. 현지인이건 외국인이건 나와 다른 풍속 아래서 살아가는 사람들의 사소한 행동 하나하나가 나를 돌아보게 만드는 것들이었다. 나는 여행을 통해 세상을 바라보는 주관을 가질 수 있었다. 새로운 지식을 만나 새로운 삶의 태도를 만든다는 측면에서 여행과 공부는 이어져 있었다. 여행은 학교였다. 여행은 스스로 만든 학교를 다니는 일이었다. 오직 자신만이 학위를 수여할 수 있고 자신이 전교생의 전부인 혼자만의 학교. 그럼에도 완전한 학교. 전 재산을 탕진하고 여행에서 돌아온 나는 빈털터리였지만 두렵지 않았다. 나에겐 여행학교에서 얻은 돈 주고도 살 수 없는 귀한 자산이 넘쳤다.

38

자전거 여행

　백 년 만의 한파가 찾아왔다. 중동은 더운 줄만 알았더니, 하필이
면 내가 여행할 때 이렇게 추울 게 뭐람. 중동은 원체 추위가 없는 곳
이어서 기본적인 난방시설이 거의 없었다. 한국으로 치면 초겨울 날
씨 정도였지만 하루 종일 몸을 녹일 데가 없으니, 만만치 않은 추위
였다.

　시리아의 '팔미라' 유적지를 여행할 때는 기온이 한층 더 내려가
있었다. 밤새도록 얇은 침낭 안에서 벌벌 떨면서 잠을 이루지 못한

나는 해가 뜨자마자 밖으로 나왔다. 몸을 움직이면 좀 나아지려나 싶었지만 소용없는 몸부림이었다. 한파 때문인지 인적이 뚝 끊긴 팔미라는 을씨년스럽기까지 해서 더욱 춥게 느껴졌다. 안 되겠다. 구경이고 뭐고 다 때려치우고 일단 숙소로 도망쳐서 담요라도 두르고 있어야겠다.

종종걸음으로 숙소로 향하는 중이었다. 멀리서 자전거 두 대가 팔미라 유적을 가르며 다가오는 게 보였다. 이 날씨에 자전거라니. 용맹한 건지 무모한 건지 모를 그들을 불러 세웠다. 호기심이 동해서 그냥 보낼 수가 없었다. 그들은 스위스에서 출발했다고 했다. 스위스에서 시리아까지 오려면 아무리 적게 잡아도 10개국은 지나와야 한다. 그들이 밟아온 길이 어디 평지만 있었겠는가. 산길, 황무지, 가리지 않고 달려왔을 것이다. 다른 동력 없이 오로지 자신의 신체를 움직여 유럽 대륙에서 아시아 대륙으로 넘어온 것이었다. 여태 여행을 하며 자전거 여행자를 많이 만났지만, 이런 추위에 자전거를 타는 여행자는 처음 봤다. 너무 추워 정신이 없어서 그랬을까, 나는 그들에게 멍청한 질문을 던졌다. 대답을 듣고 보니 그랬다.

"자전거 타기에는 길도 미끄럽고 너무 춥지 않니?"

"그렇다고 겨울이 끝날 때까지 여기서 계속 기다릴 수는 없잖아."

연인으로 보이는 두 사람은 루돌프처럼 빨간 코를 훌쩍이면서도 즐거운 표정으로 페달을 밟았다. 멀어져 가는 그들의 뒷모습을 한참이나 바라봤다. 이탈리아의 피렌체 성당을 방문한 연인은 절대 헤어

지지 않는다는 이야기가 떠올랐다. 저 커플은 그런 시시한 미신에 의지하지 않아도 절대 헤어지지 않을 거 같았다. 이처럼 대단한 여행을 하며 산전수전을 다 겪었는데 어떻게 헤어지겠는가.

　나는 자전거를 정말 좋아한다. 내 인생 최초의 장거리 주행은 군 복무 중일 때였다. 군대를 다녀온 사람들은 알겠지만, 휴가에서 복귀할 때면 도살장에 끌려가는 소 같은 심정이 된다. 부대로 복귀하는 길 자체를 여행으로 만들면 기분이 좀 나아지려나 싶어 자전거를 생각해 냈다. 집에서 부대까지는 그리 멀지 않았다. 아침 일찍 출발하면 복귀 시간 안에 도착할 수 있을 것 같았다.

꼭 그래야 하냐는 어머니의 타박을 뒤로하고 새벽밥을 얻어먹고 집을 나섰다. 버스를 타고 갈 때는 느낄 수 없었던 길의 미묘한 고저와 지표면의 결이 자전거를 탈 때는 확연하게 드러났다. 길을 느낀다는 것은 재미있는 일이었다. 내가 가는 길에 대한 세심한 이해와 애정을 가질 수 있었다. '내가 이 길을 간다'는 행위가 온전하게 내 것으로 여겨지니, 휴가 복귀도 꼭 나쁜 것만은 아니었다.

자전거를 타고 오르막길을 오를 때는 무척 힘들었다. 때는 여름이었으니 뙤약볕이 지금이라도 포기하고 버스를 타라고 나를 유혹했다. 하지만 나는 미친 척하고 미련스럽게 꾸역꾸역 오르막길을 올랐다. 그렇게 오르막길의 정점에 도달하면, 가장 먼저 나를 반겨 주는 건 바람이었다. 시원한 바람을 맞으며 정점에서 내리막길을 바라보고 있자면 얼굴에 미소가 가득 번졌다. 온몸으로 길을 느끼는 순간이다. 세상의 모든 오르막길 뒤에는 내리막길이 기다리고 있다는 것을. 오르막과 내리막의 분배는 더없이 공평했다. 나중에 다시 집으로 돌아갈 때는 오늘 왔던 오르막길이 내리막길로 불릴 것이다. 같은 길도 올려다보면 오르막길이고 내려다보면 내리막길이니까. 인간의 이해가 올라가고 내려가는 길을 구분 짓는 것이지, 길 자체는 항상 그대로 있는 것이다.

자전거는 나를 길로 인도하였고, 길은 나의 화두가 되었다. 그래서인지 자전거 여행자를 만나면 그렇게 반갑고 핏줄이 당긴다. 박수를 쳐주며 환호와 격려를 잊지 않았고, 가방에 든 먹거리를 아끼지 않고 내어 주었다. 기억에 남는 자전거 여행자들이 참 많다.

앞서 이야기했던 티베트의 라싸에서 아리로 가기 위해 4박 5일을 달리는 침대 버스를 탔을 때였다. 비포장도로를 덜컹거리며 달리는 버스 여행이 너무 고달팠던 나는 좁은 침대에 누워서 골골거리고 있었다. 그런데 고도가 4,000미터를 넘나드는 그 삭막한 고원을 자전거로 가는 여행자가 있었다. 고도가 그쯤 되면 천천히 걷기만 해도 숨이 차서 10분에 한 번씩은 쉬어야 하는데 말이다.

중앙아시아의 우즈베키스탄에서도 괴짜를 하나 만났었다. 길을 걷고 있던 나에게 자전거를 탄 거구의 백인 남자가 길을 물었다. 길을 설명해 주고 나서, 말을 튼 김에 노천 식당에서 함께 밥을 먹었다. 그는 한국에서 2년 동안 영어 강사를 했고 집은 영국이라고 했다. 한국에서 근무를 마치고 배에 자전거를 실어 중국으로 간 뒤, 자전거를 타고 영국까지 돌아가는 길이었다. 집에 가는 데 1년쯤 걸릴 거라고 예상하고 있었다. 한국에서 영국까지 자전거를 타고 가다니, 유라시아의 끝과 끝이었다. 유럽 친구들은 국경을 대하는 태도가 한국과 사뭇 달랐다. 그들은 집에서 자전거를 타고 출발해 아시아나 아프리카까지 가는 긴 여행을 하는 경우가 많았다. 짧게는 한두 달에서 길게는 몇 년을 여행하기도 했다. 한국은 자전거를 타고 집을 나서도 통일 전망대에서 막히고 부산이나 목포에서 막힌다. 자전거로 1주일만 달리면 더 나아갈 곳이 없어진다.

파키스탄에서는 3년째 자전거로 세계를 여행 중인 캐나다인 부부를 만났었다. 그 부부는 붉은 유성펜으로 세계지도에 자신들이 지나온 길을 표시해 두고 있었다. 남미를 관통한 길을 보니 기가 막혔다. 세계에서 가장 길다는 안데스산맥을 고스란히 지나왔다. 남미 대륙

전체에 걸쳐 있는 그 장대한 산맥을 말이다. 나는 경악하며 "이게 가능해? 왜 평지를 놔두고 이렇게 긴 산맥을 따라왔어?" 하고 물었지만, 부부는 대답하지 않고 빙긋 웃기만 했다. 또 어리석은 질문을 하고 말았구나.

여행은 사서 하는 고생이다. 고진감래(苦盡甘來). 캐나다인 부부가 대답을 아낀 까닭은 여행의 고생 뒤에 오는 낙이 얼마나 큰지, 그것이 남에게 알려 주기 싫을 정도로 달콤하기 때문에 그랬을 것이다. 그러고 보니 여행(Travel)의 어원은 고통, 고난(travail)이다.

#39 아버지와 자전거

Syria

부산에 '섶자리'라는 바다가 있다. 내가 어릴 적에 살던 곳이다. 아버지는 자전거를 타고 일터와 집을 오가셨는데 어쩌다 일찍 퇴근이라도 하는 날이면 어김없이 아들을 자전거 뒤에 태우고 해질 무렵의 동네를 두어 바퀴 돌고는 하셨다.

세월이 흘러 어른이 된 아들은 여행을 다니고 있다. 멀고도 먼 시리아에서 아버지의 자전거가 떠오르는 풍경을 만나게 되었다. 한국에서의 황망한 삶이 유년의 추억을 봉인했다면, 여행은 봉인을 해제하고 있었다.

아버지께 전화를 드렸다. 거의 반 년 만에 거는 전화였는데, 아버지는 역정이 대단하셨다. 얼마나 걱정했는지 아느냐고 호통을 치시더니, 이내 목소리를 싹 바꿔 아픈 데는 없느냐, 다친 데는 없느냐, 안절부절못하며 물어보셨다. 아들이 어디 큰일 하러 나온 것도 아니고 전쟁터에 나온 것도 아닌데 말이다. 나이를 서른이나 먹은 자식이 그렇게도 걱정이 되실까? 수화기 너머 아버지의 숨소리가 뜨거웠고 나는 어쩔 수 없이 눈시울이 뜨거워졌다.

#40 산해진미는 필요 없으니
제대로 된 쌀밥 한 그릇만 다오

중동을 여행하면서 가장 난감한 것은 음식이었다. 자려고 누우면 천장에 쌀밥이 둥둥 떠다니는 통에 잠을 설치기 일쑤였다. 세상에 맛있는 요리가 얼마나 많은데, 다른 것도 아닌 쌀밥이 먹고 싶어 잠을 설치다니.

나는 김치를 못 먹는다. 한국에서는 온갖 멸시를 당하는 치명적인 편식이지만 외국을 여행할 때는 더없이 편리한 입맛이다. 외국 음식이 제아무리 맛있어도 하루 이틀이다. 특히 한국 특유의 칼칼한 매운맛을 내는 음식은 세계 어디에도 없다. 대부분의 외국 음식이 한국 사람에게는 느끼한 맛을 내는 터라, 한국 사람들은 김치를 그리워하게 마련이다. 다행히 나는 김치를 못 먹으니 그리울 리도 없다. 여느 여행자들은 한국 음식이 그리울 때면 배낭 깊숙이 곱게 모셔둔 고추장을 꺼내 온갖 음식에 발라 먹고 비벼 먹으며 향수를 달랜다. 햄버거 빵이나 식빵에 양파를 썰어서 얹고 고추장을 발라 먹는 건 김치 금단 현상을 제압하는 응급처치로 유명한 방법이다. 한국에서는 죽었다 깨어나도 안 먹을 음식을 감동하며 꼭꼭 씹어먹는 게 여행자들의 초상이다.

나는 다른 여행자에 비해 상대적으로 음식 향수가 적은 편이었다. 어차피 김치를 못 먹을뿐더러 현지 음식에 곧잘 적응하는 편이라 고추장을 싸 가지고 다닌 적도 없었다. 그런데 중동에서는 잠을 이룰 수 없을 정도로 음식 향수에 시달려야 했다. 그러면 한국 식당에 가면 되지 않냐고? 배낭여행자에게는 엄청난 사치다. 뿐만 아니라 다른 나라에서 만든 한국 음식이 제맛을 낼 리가 없다. 주방에서 음식을 만드는 사람은 현지인이거나 제삼국 사람이 대부분이다. 뉴욕에서 최고로 유명한 설렁탕을 만드는 셰프가 멕시코인이라니 말 다한 거 아닌가? 고

추장이나 된장 따위의 양념을 직수입해야 하니 넉넉하게 쓸 수도 없다. 한국에서야 흔한 식재료라도 현지에서는 구하기 어려운 것들이 많다. 동남아에서 고랭지 채소인 배추나 무를 기대할 수는 없으니까. 그러니 한국 식당을 가도 입맛만 버렸다며 실망하고 나오기 일쑤다. 그리고 무엇보다 중동에는 한국 식당이 거의 없다.

밀을 빻아서 밀가루를 만든 최초의 인류는 메소포타미아인들이다. 고대의 밀가루는 동쪽으로 넘어가서 물에 삶는 면이 되었고, 서쪽으로 넘어가서 화덕에 굽는 빵이 되었다. 똑같은 밀가루를 이처럼 다르게 대했을 정도로 동양과 서양은 문화가 다르다. 더구나 중동은 대부분이 사막지대라서 채소나 과일 따위의 농작물이 귀해 식재료가 극히 제한적이다. 음식 문화가 발달하려고 해도 발달할 수가 없는 척박한 풍토인 것이다.

중동 사람들의 주식은 넓적한 빵과 양고기 꼬치인데 그것을 각각 따로 먹기도 하고 김밥처럼 빵에 고기를 말아서 먹기도 한다. 별식이라고 해봐야 양 대신 닭고기다. 시골 식당에 가면 차림표가 있어 음식을 고르는 게 아니라, 양 꼬치와 빵의 개수를 정하는 게 전부일 정도다. 점심을 그렇게 먹고 저녁도 그렇게 먹는다. 어제도 그렇게 먹었고, 내일도 그렇게 먹고.

쌀밥이 아예 없는 건 아니다. 가뭄에 콩 나듯 가끔 만날 수 있지만, 입에 맞질 않아서 밥을 먹은 것 같지가 않았다. 한국에서 먹는 쌀 종자가 아니라 길쭉하고 찰기가 없는 쌀이라서? 그런 배부른 투정이 아니다. 중동에서는 밥을 지을 때 고기 삶은 물로 밥을 짓는다. 밥에 고기 기름이 배어 있으니 비릿하고 느끼한 그 맛은 먹어 보지 않고는 모른다. 심지어 중앙아시아에서는 양고기 기름으로 밥을 짓는데, 기름에 밥을 말아 놓은 것처럼 누런 양기름이 흥건하다. 아우 느끼해!

중동의 음식 풍토는 동아시아 사람인 나로서는 배겨낼 재간이 없었다. 처음 얼마간은 괜찮았지만 3개월을 넘어가자 향수를 넘어 금단 증상이 찾아왔다. 평소에 내가 좋아하던 부대찌개, 짜장면, 감자탕 같은 음식은 그립지도 않았다. 산해진미? 그런 건 필요 없으니 제대로 된 쌀밥 한 그릇만 먹으면 원이 없을 정도였다. 갓 지은 밥을 호호 불어가며 입천장이 데는 줄도 모르면서 떠먹는 기름지고 찰진 쌀밥 말이다. 제아무리 산해진미가 상에 올라와도 밥상의 주인공은 한 공기의 밥 아니던가.

결국 목마른 사람이 우물을 파야 했다. 시름시름 앓던 나는 시장에 나가 쌀을 샀다. 라면 하나면 성찬이라고 생각하는 나는 여태 밥을 지어본 적이 한번도 없었다. 하지만 중동엔 엄마도 없고 라면도 없으니 죽이 되든 밥이 되든 내가 해결해야 했다. 같은 숙소에 머물던 한국인 처자에게 밥하는 법을 급히 배웠다. 지금도 가끔 연락하는 그녀는 정말로 내 인생의 은인이었다. 냄비에 밥을 처음 지어 봤는데 생각만큼 어렵지는 않았다. 묵은 냄새가 좀 나는 쌀이었지만 한국에서 먹던 것과 얼추 비슷했다. 허연 연기를 뿜어내는 밥을 보자 반가워서 심장이 벌렁벌렁 뛰었다.

나는 서툰 칼질로 감자, 양파, 당근 따위를 촘촘하게 썰어 볶음밥을 만들었다. 태어나서 처음 만들어 본 음식이었다. 주체하기 힘든 감동이 몰려왔다. 오랜만에 밥다운 밥을 먹어서이기도 했고, 내가 스스로 밥을 지었다는 대견함 때문이기도 했다. 여행이 사람을 사람답게 만드는구나. 여태 음식 한번 만들어 본 적 없는 나는 사람 흉내만 내고 있었던 건지도 모른다. 남이 해 주는 음식만 먹어 봤지 남에게 음식을 해 주는 건 꿈에서도 생각 못 해봤으니, 어디 온전한 사람이라고 할 수 있겠나.

한가득 만든 볶음밥을 여럿이 둘러앉아 나눠 먹었다. 나는 연신 코를 훌쩍이며 열심히 더운밥을 퍼먹었는데, 콧물에서 자꾸만 눈물 맛이 났다.

#41 비장의 라면 수프

내가 처음 만든 볶음밥이 딱히 맛있지는 않았을 텐데, 밥상에 둘러앉은 여행자 서너 명에겐 누가 먹다 죽어도 모를 만치 꿀맛이었나 보다. 함께 꿀맛을 본 멤버 중 하나가 다음 날 비장의 카드를 꺼냈다. 다름 아닌 라면 수프였다. 라면은 부피가 커서 가지고 다니는 게 짐이니 수프만 가져온 것이었다. 현지에서 어렵게 구한 인도네시아 라면을 사서 면만 삶고 한국 수프를 넣어 끓였다. 눈 감고 먹으면 대충 속아 넘어갈 만한 한국 라면이었다. 나는 미처 생각지도 못한 놀라운 노하우였다.

이 친구, 얼마나 아끼던 걸 내놓은 걸까. 꺼낼 때 보니, 무서울 정도로 꼬깃꼬깃한 저게 뭔가 싶을 정도였으니. 볶음밥에 이어 라면까지 한 그릇 먹고 나니 이제 세상에서 부러울 게 없어졌다. 나는 세상에서 가장 행복한 사람이 되어 있었다.

#42 전쟁과 평화

레바논의 베이루트는 중동의 파리(Paris)라 불린다. 중동에서 가장 아름답고 운치 있는 도시를 가진 레바논은 안타깝게도 이스라엘과 군사적 마찰을 빚고 있다. 레바논의 거리에는 장갑차가 흔하고 곳곳에 군인들이 무리 지어 있었다.

1982년에 있었던 팔랑헤당의 팔레스타인 난민 대학살 사건이 있었던 지역을 돌아보았다. 세월이 흘러 많은 구역이 재건되었지만 한 켠에는 전쟁의 상흔을 고스란히 간직한 건물이 많았다. 포탄에 맞아 군데군데 무너져 내린 건 물론이고 온전히 서 있는 벽에도 온통 총알 자국이었다. 내 마음도 총탄을 맞은 벽처럼 허물어지는 것 같았다. 고통스러웠다. 여기는 분명 민가인데 이리도 총탄을 쏘아댔단 말인가. 그날 얼마나 무자비한 일이 벌어졌던 걸까. 사람들이 흘린 피가 공기 중에 남아 있는 것 같았다.

전쟁의 비극을 곱씹으며 을씨년스러운 골목의 끝까지 들어갔을 때였다. 문득 이질감이 느껴졌다. 화분 때문이었다. 총탄 자국이 무수한 건물 2층에 초록 잎을 펼치고 있는 화분 몇 개가 보였다. 이렇게 아픈 건물에 아직 누군가 사는 모양이었다. 그가 누군지 알 길 없었

지만, 그에게 마냥 감사했다. 저기에 화분을 놓아두는 것을 시작으로
세계의 평화가 시작될 것만 같은 기분이 들었다. 총을 쏘는 사람과,
화분을 올려놓은 사람 사이의 강한 대비 속에 나는 누구를 지지하며
살고, 어떤 삶을 살아야 할지 명확하게 다짐할 수 있었다.

#43 꽃 파는 아이

Beirut, Lebanon

가랑비였고 겨울비였다. 젖어 있는 베이루트 거리는 고풍스러운 운치가 가득했다. 나는 시간이 좀 걸리는 사진을 찍고 있었다. 지나가는 차의 불빛이 허공에 새겨지는 찰나의 묘를 사진에 담고 싶어서였다.

차가 지나가기를 기다리고 있는데 꽃을 파는 아이가 나를 쿡쿡 찔렀다. 사진 한 장 찍어 달라는 것이었다. 내 마음은 무척 바빴지만 얼른 아이 사진을 찍었다. 자, 이제 꽃 한 송이 사라고 내밀 거지? 이미 알고 있었다. 꽃을 한 송이 사줄 요량으로 사진을 찍은 것이었다. 세상에 공짜는 없다. 아이도 그걸 알고 모델을 자청했을 것이다. 그런데 사진을 찍고 나니 아이는 나에게 손을 흔들어 주고는 한참 떨어져 있던 동료에게 쌩 달려갔다.

내 지레짐작이 대단히 엇나갔구나. 무안해서 얼굴이 새빨갛게 달아올랐다. 나는 똥이지만 너는 꽃이구나.

H
Hickey's

^{#44} 홍차 없이는 못 사는 사람들

요르단의 페트라는 거대한 절벽을 통째로 깎아 건물을 만든 고대 유적이다. 암벽에 세워진 도시인 페트라는 입구의 폭이 3m가 안 될 정도로 좁지만 안으로는 장대한 협곡이 이어지는 천혜의 요새 지형에 자리잡고 있다. 로마제국에 의해 2세기에 멸망했지만 후대의 사람들이 수 세기 동안 계곡 입구를 찾지 못할 정도였다고 한다.

어떻게 절벽을 깎아 왕궁을 만들 생각을 했을까? 세상에 이런 희한한 건축양식이 다 있나, 눈으로 보고도 믿기지 않는 페트라는 〈인디아나 존스〉의 촬영지가 된 후로 지금껏 인기가 식을 줄 모르는 곳이었다. 명성에 걸맞게 입장료도 비싸고 발 디딜 틈 없이 몰려든 사람들이 저마다 기념사진 찍기에 여념이 없었다. 한 시대를 풍미했을 고대 왕국의 위엄은 오간 데 없고 번잡한 관광지만 남아 있었다.

사람들의 소란함에 질린 나는 유적 구경을 포기하고, 페트라를 두르고 있는 야트막한 뒷산으로 발길을 돌렸다. 길도 제대로 나 있지 않은 돌산을 이리저리 휘저으며 산책 겸 등산을 했다. 사람들 웅성이는 소리가 잦아들자 비로소 페트라를 여행하는 기분이 들었다. 왕궁 건설에 동원되어 평생토록 절벽을 깎아야 했을 어느 평민도 여기를 걸었을 것이다. 어쩌면 그가 죽은 후 새와 짐승의 밥으로 버려진 곳일지도 모르고.

　시시한 망상도 지치고 땀도 말릴 겸 바위에 앉아 숨을 돌리고 있을 때였다. 먼발치에서 세 사람이 이쪽을 향해 다가오고 있었다. 누굴까? 누군데 길도 아닌 이런 험한 곳을 다니나. 인적도 드문 곳인데 설마 저들이 나에게 해코지하는 건 아니겠지. 나는 본능적으로 숨을 죽였다. 바위 뒤로 몸을 숨길까, 왔던 길을 되돌아갈까. 마음을 정하지 못해 우왕좌왕하는 사이 그들은 내 앞으로 성큼 다가와 있었다. 중년의 여성 셋이었다. 사람의 피해의식이란 이리도 가련하다.

　괜히 멋쩍어진 나는 인사라도 건네려고 기다렸다. 그러나 웬걸, 그녀들이야말로 낯선 풍모의 이방인을 경계하고 있었다. 그럴 만도 했다. 집 나온 지 오래된 내 머리는 산발이었고 낡고 헤진 옷가지는 딱 봐도 정신 나간 놈의 차림새였다. 인사라도 했다간 기겁을 하고 도망갈 것 같았다.

　나는 일부러 딴전을 부렸다. 앉아 있는 내 발치를 조신하게 지나간 그녀들은 티 나게 안도하며 멀어져 갔다. 면도라도 좀 하고 다닐걸. 겸연쩍은 마음에 멀어져 가는 그녀들을 지켜보고 있었다. 그런데 그녀들이 가다 말고 자리를 잡더니 무언가 손놀림이 분주했다. 뭐하는 거지? 아 궁금해. 내 속삭임이 들렸을 리 없을 텐데 그녀들 중 하나가 큰 손짓으로 나를 불렀다. 나는 속으로는 완전 반가웠지만 내색하지 않고 쭈뼛거리며 발걸음을 옮겼다.

　서로 나이 차이가 제법 있어 보이는 그녀들은 홍차를 마시기 위해 쉬는 것이었다. 불모의 바위산에 드문드문 흩어져 있는 마른 풀과 잔

가지를 그러모아 불을 피우고, 굴러다니는 돌멩이로 화구를 만들어 주전자를 받치고 찻물을 끓였다. 물이 귀한 땅이라 집에서 여기까지 힘들게 물병을 들고 온 모양이었다. 같이 홍차 한잔 마시자고 나그네를 불러 주는 것은 중동에서 사소한 일이지만 그 감사함까지 사소하지는 않았다. 귀하게 끓여낸 차를 나누어 마시며 우리는 대화를 나눴다. 셋 중 가장 어려 보이는 여자가 먼저 농담을 던졌다. 자기는 결혼을 했지만, 옆에 언니는 아직 결혼을 안 했다고. 이 언니 예쁘지 않냐며, 나더러 결혼할 마음 없냐는 것이었다. 그러고 언니에게는 이 남자 어떠냐고 물었다. 대답을 피하는 언니를 자꾸만 다그치는 동생을 말리려면 나는 언니와 결혼하는 시늉이라도 해야 할 판이었다.

그녀들은 아마도 중동 사막의 원주민인 베두인족이었을 것이다. 베두인족은 아랍어 계통의 말을 쓰는데 지역마다 조금씩 말이 다르다. 큰 개념의 아랍어 방언이라고 볼 수 있을 텐데, 아랍어 자체를 전혀 모르는 내가 그녀들의 말을 알아들었을 리 없다. 우리는 공유하는 언어가 전혀 없는데도 그녀가 던지는 농담이 어렵지 않게 이해되었다.

그것이 소통의 신비다. 커뮤니케이션학에서는 의사소통에서 언어가 차지하는 비중이 지극히 작다고 얘기한다. 학파마다 조금씩 다르기는 하지만 대체로 30% 미만으로 본다. 표정, 태도, 몸짓, 목소리 따위가 언어보다 비중이 더 큰 소통 수단인 것이다. 그녀들과 주고받는 농담을 서로 이해한다는 것도 기가 막히지만 홍차의 맛은 더욱 기가 막혔다. 페트라의 바위산에서 불을 피워 만든 홍차의 맛이라니, 이 한잔의 홍차를 영원히 잊지 못할 것이다.

중동은 홍차다. 중동 사람들은 아침에 일어나면 홍차를 한잔 마시는 걸로 일과를 시작해서 숨 돌릴 틈만 생기면 홍차를 마신다. 아무리 바빠도 차를 마실 여유는 꼭 비워 놓는다. 방을 구하려고 숙소에 들어서면 주인은 홍차 한잔부터 먼저 권하고 나서 안내를 시작한다. 방을 정하고 짐을 풀라치면 어김없이 주전자에 든 홍차를 쟁반에 담아 들여놓는다. 숙소를 나서서 이곳저곳을 다니는 동안 홍차를 마시고 있는 사람을 만나지 않을 수가 없고, 그들은 어김없이 이방인에게 홍차를 권한다. 이래저래 하루 동안 얻어 마시는 홍차가 열 잔은 족히 되는 것 같다.

나는 홍차가 중동의 고유한 문화인 줄 알았다. 영국도 홍차 사랑이 대단한데, 제국주의 시절 영국이 중동 전역을 점령했을 당시 영국에 유입된 문화인 줄 알았다. 하지만 알고 보니 홍차의 유래는 엉뚱한 데에 있었다.

서유럽이 중국과 교류를 튼 이래 녹차가 유럽에 전해졌고, 귀족 사회에서 큰 인기를 끌었다고 한다. 점차 수요가 늘어나자 대량의 녹차를 배에 한가득 실어서 유럽에 가져왔다고 한다. 그런데 운송 도중 적

도의 뜨거운 태양을 받은 녹차는 자연 발효가 되어 도착해서 열어 보니 모두 까맣게 변해 있었다고 한다. 그렇다고 버리기에는 아까워 마셔 봤더니 나름의 맛이 있어서 지금까지 마시게 되었다고 한다. 그래서 홍차의 영어 이름은 블랙티(Black Tea)가 되었다. 까만 차. 유럽에서 먼저 인기를 끈 홍차가 나중에 중동에 전해진 것이었다. 중국과의 거리는 중동이 훨씬 가까운데 홍차는 유라시아 대륙을 빙 돌아서 유럽을 거쳐 중동으로 온 것이다.

홍차의 제맛은 그때그때 신선하게 우려먹는 데 있다. 찻잎이 우러나기를 잠깐 기다렸다 각설탕을 두어 개 넣고 설탕이 완전하게 녹기를 기다린다. 얼마 안 되는 시간이지만 기다리는 동안 번잡한 일은 잠시 내려놓고 홍차를 마실 마음의 준비를 하는, 일종의 의식 같은 시간이다. 그리고 뜨거운 홍차를 후후 불면서 의자에 등을 기대고 앉아 조금씩 천천히 마신다. 혼자서 마신다면 침묵과 독대하고, 여럿이 함께

마신다면 물담배를 돌려 피우며 담소를 나눈다. 아라비아풍의 릴렉스 타임이다. 이처럼 여유로운 시간을 한국에서는 좀처럼 만나기가 어렵다. 똑딱똑딱 초 단위로 바삐 돌아가는 서울에 살면서 나는 종종 눈을 감고 아라비아풍의 여유를 그리워한다.

중동 사람들은 대체로 서두르는 법이 없다. 나는 가끔 홍차를 주문해 마시며 더디게 흘러가는 중동의 시간을 그리워한다. 한잔의 홍차를 홀짝홀짝 마시며 여유를 음미하는 시간. 세상에 이만큼 평화로운 풍경이 또 있을까.

#45 따뜻한 밥상

Salalah, Oman

오만의 살랄라 해변에 고깃배가 들어오자
즉석에서 어시장이 들어섰다.

한 남자가 생선 세 마리를 사서 바삐 걸어갔다.
온 가족이 둘러앉은 따뜻한 밥상이 절로 그려진다.
모래사장에 쪼그리고 앉아 있던 나는
하염없이 침을 삼킨다.

#46 평화가 머무는 땅

예멘의 수도 사나는 『아라비안나이트』의 실제 무대로 유명하고, 세계에서 가장 오래된 도시로 또 한 번 유명한 곳이다. 세계적인 고대 도시 하면 이집트의 카이로, 중국의 시안과 리장, 시리아의 다마스쿠스, 이란의 야즈드를 꼽을 수 있다. 5,000년이 넘는 역사의 위용을 뽐내는 곳이지만 사실은 대부분 관광지로 변했거나 이미 현대화되어 고대 도시의 흔적은 오간 데 없다.

하지만 예멘의 사나만큼은 남달랐다. 구시가지를 가득 메운 주택과 상가 건물들은 이미 천년 전에 건축된 것을 고치거나 증축해서 그대로 쓰고 있었다. 사나는 천년의 시간이 켜켜이 쌓인 귀하디 귀한 도시였다. 그러니 사나에 처음 도착해서 맞이하는 바람은 예사롭지 않았다. 지난 천년간 사나에서 살고 죽은 모든 영혼의 들숨과 날숨이 한데 엉켜 만드는 오래된 바람이었다.

예멘의 사나에서는 지금이 몇 년도인지 도무지 분간이 가지 않았다. 남자들은 「신밧드의 모험」에나 나올 것 같은 칼을 허리에 차고 다녔다. 이처럼 오래된 도시에서는 대단한 것들을 하려 할 필요 없이,

그저 골목길을 따라 걷기만 해도 충만한 여행이 된다.

사나의 뒷골목을 따라 하염없이 걷던 내 발걸음은 성곽에 당도해 있었다. 성곽을 오르고 또 오르니 사나의 전경이 한눈에 들어왔다. 골목길을 비추는 가로등에 하나씩 불이 켜지기 시작했고 모스크에선 저녁 아잔(azān, 이슬람교도의 예배 시각을 알리는 소리)이 울려 퍼졌다. 땅에서 들을 때는 근처에서 가장 가까운 모스크의 아잔 소리만 들리지만, 성 위에서 들으니 사나의 모든 모스크에서 알리는 아잔 소리가 한꺼번에 들렸다. 소리가 나를 덮쳐왔다. 나는 아잔의 내용을 전혀 알아들을 수 없고, 코란의 교리도 몰랐지만 눈물이 핑 돌았다.

수십 개의 아잔 소리 아래에서 세상은 더없이 평화로웠다. 어쩌면 중동은 이미 평화로 가득 차 있는지 모른다. 중동에 평화를 가져와야 한다, 운운하는 것은 중동 밖의 사람들이 평화롭지 못하기 때문인지도 모른다.

#47 아름다운 지옥

인도네시아는 활화산이 세계에서 가장 많은 나라다. 그중에서도 '카와이젠' 화산은 유명세가 남다르다. 화산 분화구의 칼데라 호수가 수려한 경관을 자랑하는 데다, 세계에서 유일하게 순도 99.9%의 유황이 나는 광산이 있기 때문이다.

카와이젠 화산에 오르기 위해 새벽같이 일어나 채비를 했다. 험준한 산은 아니지만 등산을 하려면 대낮은 피하는 게 마땅했다. 더구나 인도네시아는 적도에 걸쳐 있는 나라다. 죽기 전에 꼭 봐야 할 자연 절경 1001에 꼽히는 유명세에 걸맞게 엄청나게 많은 인파들이 삼

삼오오 짝을 지어 수다를 떨며 산을 오르고 있었다. 화산이 뿜어내는 열기 때문인지 온 산에 새벽안개가 자욱했다.

두어 시간을 걸었더니 먼발치에서 화산 분화구가 보였다. 7부 능선쯤 도달한 모양이었다. 그즈음 안개 속에서 유황을 운반하는 노동자들이 보이기 시작했다. 그들은 나무를 얽어 만든 커다란 바구니 두 개를 긴 막대의 양 끝에 매달아 어깨에 지고 유황 덩어리를 운반했다. 물장수 같은 지게였다. 한 번에 60~80kg 정도를 운반한다고 한다. 말이 쉬워 80kg이지 어깨에 대충 걸쳐야 하는 바구니를 비탈진 산길을 출렁이며 오르내리는 건 보통 고역이 아닐 것이다. 새벽안개를 가르며 산에서 내려오는 그들의 휘청거리는 발걸음은 나를 숙연하게 만들었다. 노동의 숭고함을 목도하는 순간이었다.

해가 뜨고 새벽안개는 밀려났다. 정상에 이르니 에메랄드빛 칼데라 호가 위용을 드러냈다. 호수는 아침 햇살을 가득 받아 거대한 보석처럼 반짝이고 있었다. 그리고 유황 성분이 가득한 노란색 연기가 땅바닥 여기저기서 솟고 있었다. 연기가 내 쪽으로 불어올 때는 숨을 쉴 수 없었다. 예전에 유황 연기를 몇 번 맡아 본 적이 있지만, 카와이젠의 농도 짙은 연기는 차원이 달랐다. 호흡기 전체를 움켜쥐고 비틀어 버리는 것 같았고 기관지를 직접 때리는 것 같았다. 바람이 불면 유황 연기가 급하게 흩어졌고, 연기가 사라지는 잠깐의 찰나에 노란색 유황 덩어리가 모습을 드러냈다. 노란 유황과 에메랄드색 호수는 강한 대비를 이루며 카와이젠의 인상을 완성했다. 카와이젠은 아름다운 지옥이었다.

정상에서 분화구로 내려가는 길은 무척 가파른 외길이었다. 구경 온 사람들과 유황을 캐는 노동자들이 외길에서 뒤엉켜야 했다. 유감

스러웠다. 마치 내가 그들의 숭고한 노동을 구경거리로 전락시키는 것 같아 눈 둘 곳을 찾을 수 없었다. 한길에 엉켜 있는 사람들이었지만, 서로의 목적은 분명하게 달랐다. 절반은 가족과 손을 잡고 놀러 온 사람들이었고, 남은 절반은 가족들을 먹여 살리기 위해 독가스 속에서 일하는 사람들이었다.

유독가스를 헤치며 유황을 캐는 노동자들은 자신의 생명을 한 덩이 유황과 조금씩 맞바꾸고 있었다. 자기 수명이 줄어들고 있다는 걸 알면서도 가족을 위해 묵묵히 일하는 그들에게 유황은 알량한 몇 푼의 돈이자 한 방울의 독약이다. 몇 명은 방독면을 착용하고 있었다. 하지만 그것도 이미 오래된 방독면이어서, 제 기능을 하지 못할 게 뻔했다. 그나마 선택 받은 몇 명만이 방독면을 착용했고, 대부분은 아무런 보호 장비 없이 맨몸으로 일하고 있었다. 목에 수건 하나만 걸치고 있다가 자기 쪽으로 유황 연기가 불어올 때면 수건을 입에 물었다. 목구멍으로 치고 들어오는 연기를 막아내는 게 전부였다. 내 눈으로 보고도 이해할 수 없는, 말도 안 되는 풍경이었다. 그들은 노동하는 기계에 다름 아니었다.

광산의 혹독한 환경 때문에 노동자들은 대부분 40대를 넘기지 못하고 죽는다고 한다. 더욱 억장이 무너지는 것은 이들이 몸을 버려가며 일하는 건 오직 가난 때문인데, 이 노동이 가난을 구제하지 못한다는 사실이다. 어쩌면 아들에게 대물림을 해야 할지도 모른다. 아버지의 아버지들이 하던 일을 그들이 물려받았듯이. 아름다움과 안타까움을 동시에 품고 있는 카와이젠이었다.

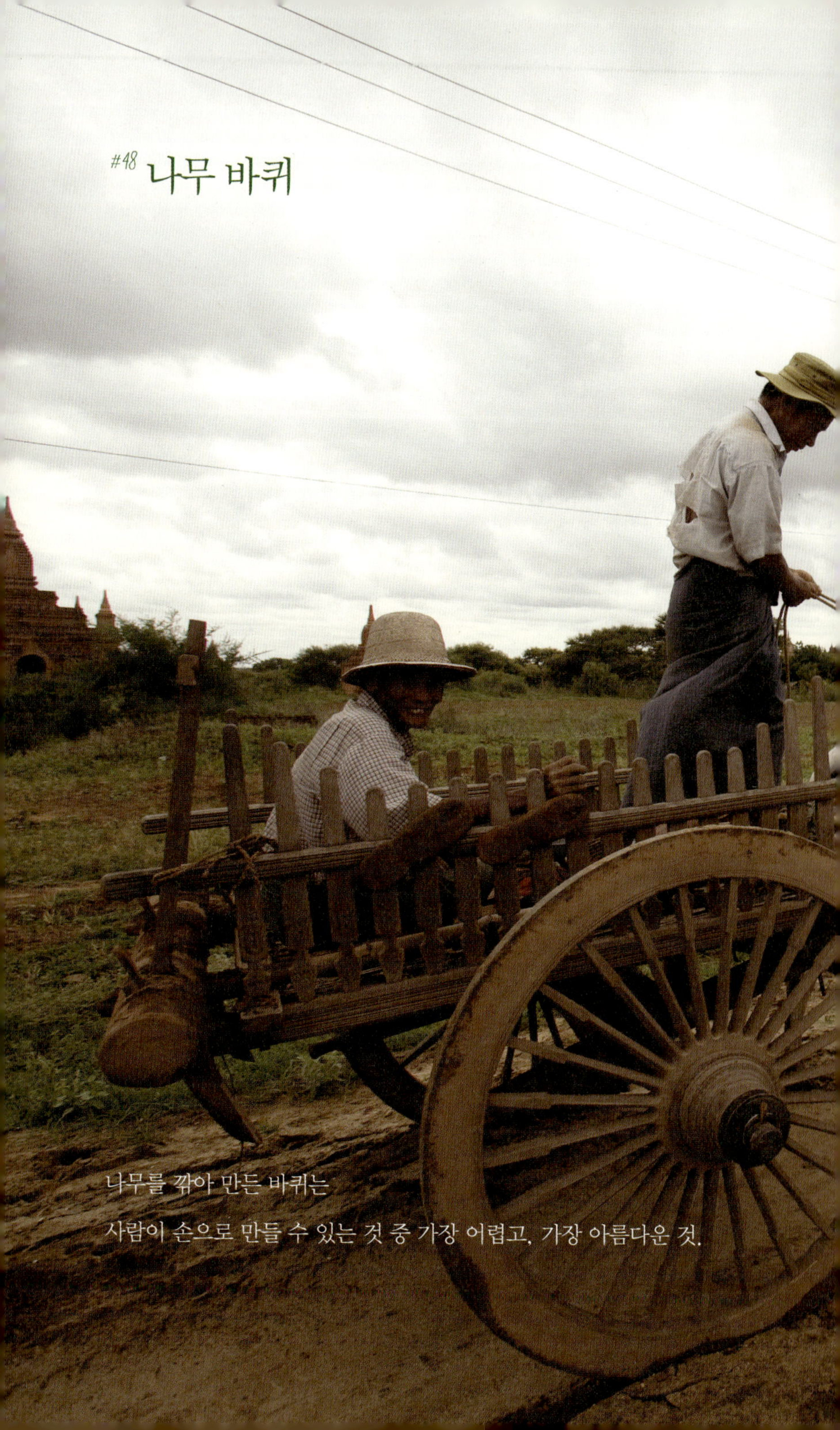

나무를 깎아 만든 바퀴는

사람이 손으로 만들 수 있는 것 중 가장 어렵고, 가장 아름다운 것.

#49 인류의 마지막 희망

Cambodia

앙코르와트 사원들은 세월을 감내하는 게 힘겨워 보였다.

비와 바람을 견디지 못해 무너져 내렸고

나무뿌리에 제 몸을 내어 주고 있었다.

천년 전 융성했던 불교 왕국의 영화는 오간 데 없었다.

세상에 영원한 것이 없구나.

어쩌면 그것이 인류의 마지막 희망일는지도 모른다.

고통이 영원하지 않을 것이니 견뎌내고,

영화가 영원하지 않을 것이니 겸손해야지.

동네에 놀이터 하나 없으니 아이들은 천장을 타고 놀았다.
한국처럼 미끄럼틀과 정글짐이 있는 놀이터 하나 지어 주면 좋겠다.

가만, 그게 정말 좋은 걸까?
혹시, 지금 이게 더 행복한 건 아닐까?

모르는 아이들이 내 방을 습격했다.

내 안경을 쓰고 놀던 아이가 콜라를 발견했다.

혹시나 내가 못 먹게 할까 봐 입속으로 급하게

부어 넣고 있었다.

"천천히 마셔."

안타까워 꺼낸 말이었는데

아이는 내 눈치를 보며 더욱 급하게 마셨다.

#51 완전한 삶
Australia

YOU'RE..
nearly there!
KFC Maryborough
15 kms
bishopp

동남아시아 여행을 마치고 호주에 입국했더니 물가가 충격적일 정도로 높았다. 동남아시아에서는 일이천 원이면 끼니를 때울 수 있었지만, 호주의 편의점에서는 과자 한 봉지만 사도 몇천 원씩 하는 것이었다. 멋도 모르고 감자칩과 콜라와 담배를 샀던 나는 계산대에서 정신을 잃을 뻔했다. 이만 원에 육박하는 금액이었다. 감자칩을 집어먹는데 손이 바들바들 떨렸다. 가장 저렴한 숙소에서 하룻밤 묵는 비용은 아시아와 비교하면 거의 일주일치와 맞먹었다. 총체적 난국이었다. 호주 여행을 전면적으로 재검토해야 할 판이었다.

호주에는 워킹홀리데이 비자를 받아서 일 년 동안 일하러 온 전 세계의 젊은이가 무척 많았다. 넓은 땅덩이에 비해 인구가 적은 호주는 이주 노동자가 산업의 중요한 축이었고 시급도 세계 최고 수준이었다. 외국인에게 주어지는 일은 대부분 육체노동이나 허드렛일이었지만 그래도 수입은 제법 괜찮았다. 나는 일을 해서 여행자금을 충당하기로 했다.

인터넷 커뮤니티를 통해 어렵지 않게 일자리를 구할 수 있었다. 베트남 사람이 운영하는 토마토 농장이었다. 일을 해야 하는 내 사정을 얘기하니 한두 달은 허락해 주겠다며 오라고 했다. 관광비자로 입국한 나는 원칙대로라면 현지에서는 일할 수 없었다. 즉시 짐을 꾸려 토마토 농장으로 향했다. 한국에서도 해본 적 없는 농사일을 하게 된 것이다. 흙 위에서 땀을 흘려야 하는 정직한 노동을 생각하니 사뭇 설렜다.

농장에 도착한 다음 날 바로 일을 시작했다. 무척 단순한 일이었다. 방울토마토를 따서 바구니에 가득 채우면 그것을 돈으로 쳐 주는 것이었다. 그런데 이게 결코 만만한 일이 아니었다. 남들은 하루에 열 바구니 이상 채우는 모양인데 나는 세 바구니 채우기도 버거웠다. 이러다간 본전도 못 건질라. 이글거리는 태양 아래서 방울토마토를 따는 일이 어찌나 고된지 첫날부터 때려치우고 싶었다. 어디 그늘에 퍼질러 앉아 몰래 울고 싶었다. 군대에서 삽질 하나도 제대로 못해 고참들에게 타박을 들어야 했던 놈이 육체노동을 하겠다고 덤빈 것부터가 잘못이었다. 버스비가 10만 원이 넘게 들었는데, 이제 어떡하지.

토마토 따기를 잠시 멈추고 망연자실하고 있을 때였다. 누가 휙 지나갔다. 그는 방울토마토를 쓸어 담으며 저만치 멀어지고 있었다. 어찌나 손이 빠른지, 천 개의 손을 가졌다는 천수관음 같았다. 초보자가 보기엔 그저 경이로운 몸놀림이었다. 그는 '동동'이라 불리는 베트남 노동자였다. 동동은 우주에 오직 자신과 방울토마토만 존재하는 듯 세상의 모든 풍경을 지우고 토마토에만 집중해 있었다. 허공으로 휘두르는 손에 토마토가 자동으로 철썩철썩 달라붙는 것 같기도 했고, 어찌 보면 바구니 바닥에서 토마토가 솟아나는 것 같기도 했다.

농장에 있는 한국 사람들은 동동을 '토신'이라고 불렀다. 토마토의 신이란 뜻이었다. 베트남 노동자가 호주의 토마토 농장에서는 신이 되어 있었다. 나도 노력하면 신이 될 수 있을까? 오기가 생겼다. 이왕 칼을 빼들었는데 나도 신이 되어 보고 싶었다.

나는 죽을힘을 다해서 토마토를 땄다. 조금만 더 힘을 썼다면 정말 죽었을지도 모른다. 내가 수확하는 토마토의 양은 하루가 다르게 늘어갔다. 요령은 단순했다. 동동을 흉내냈다. 도를 닦는 마음으로 이 우주에 오직 나와 방울토마토만 존재하도록 집중하는 것이었다. 보름쯤 지나자 나도 토신이라 불리고 있었다. 물론 동동에게는 비교도 안 되었다. 동동은 정말 신이었으니까. 그는 토마토가 많이 열렸다는 소문을 듣고 농장을 옮겨 다녔다. 도장 깨기에 나선 무림의 고수처럼 말이다.

농장에서 일하고 나면 온몸이 땀에 흠뻑 젖었다. 심하게 더웠고, 지나치게 배가 고팠다. 하지만 땀을 한 바가지 흘리고 나면 몸과 마음이 그렇게 상쾌할 수가 없었다. 새벽에 출근해서 점심때 퇴근했다. 오후에는 너무 더워서 일을 할 수 없었다.

일찍 일어나니 내가 쓸 수 있는 하루가 충분하게 길었다. 호주의 비싼 물가 때문에 마음 편하게 외식을 할 수 없으니 집에 돌아오면 내 손으로 음식을 만들었다. 농장에서 더러워진 옷도 매일 빨았다. 집안 일을 다 마치면 싸구려 맥주를 마시며 책을 읽거나 글을 썼다. 나는 지금껏 이렇게 규칙적이고 성실하게 살아본 적이 없었다. 내가 일하는 영화판은 불규칙한 생활로 대표되는 곳이다.

정직하게 일을 하고, 내가 일한 만큼 돈을 받고, 나를 위해 스스로 밥을 짓고, 빨래하고, 공부하는 삶은 흠잡을 데 없이 단단하고 완전한 것이었다. 행복한 삶은 멀리 있는 게 아니었고 그리 대단한 것도 아니었다. 흙과 땀의 화학반응은 건강으로 이어졌다. 일을 마치고 샤워할 때, 거울에 비친 몸에서 난생처음으로 갈비뼈가 비치는 걸 보았다. 물론 한국에 돌아와 그 갈비뼈가 다시 살 속으로 파묻히는 데는 얼마 걸리지 않았지만.

두 달 남짓 토마토 농장에서 일했던 나는 다시 떠날 채비를 했다. 아무리 농장 생활이 행복해도 내 본분은 여행자였다. 나는 농장 근처 벼룩시장에서 삼만 원짜리 중고 자전거를 샀다. 농장에서 번 돈으로 주머니가 두둑하기는 했지만, 호주의 비싼 물가를 감당하며 여행할 정도는 아니었다. 그래서 비용도 절감하고 자립적인 삶을 이어갈 수 있는 자전거 여행을 선택했다. 내 손으로 밥을 지어 먹고, 빨래하고, 잠자리를 펼치고 접는 그 소소한 행복을 온전히 누리는 여행. 게으른 내가 언제 또 이런 감사한 삶을 살아 보겠는가. 내 몸으로 정직하게 페달을 밟아 호주를 여행하고 싶었다. 꼭 한번 해보고 싶었던 자전거 여행이었다.

텐트와 취사도구를 사서 내 모든 짐을 자전거 곳곳에 매달고 시드

니를 향해 출발했다. 최소한의 것만 가지고 여행하는 줄 알았는데 자전거에 매달려고 보니 필요 없는 것들이 많았다. 죄다 버렸다. 몽골 고원의 유목민을 생각했다. 이사를 다녀야 하는 그들은 최소한의 짐만 가지고 산다. 나도 자전거로 옮겨 다니려면 어쩔 수 없었다. 한 달 넘게 호주의 동부 해안을 달리는 여행이었다. 삼만 원 주고 산 내 자전거는 그 길을 달린 역대 최저가 자전거가 분명했다. 길에서 마주친 많은 자전거 여행자들이 내 고물 자전거를 보고 호들갑을 떨며 엄지를 치켜세우는 데 주저하지 않았으니까.

자전거에 '달팽이'라는 이름을 지어 주었다. 이 마을 저 마을 들러 가며 느릿느릿 달팽이처럼 여행했고 달팽이가 집을 짊어지고 다니는 것처럼 나도 텐트를 짊어지고 다녔으니까. 자전거를 타고 달리다 점심때가 되면 길가에서 간단한 점심을 지어 먹었다. 그리고 다시 달렸다. 나는 하루 종일 시계를 보지 않았다. 해의 기울기를 보아 가며 하루의 균형을 맞췄다. 느슨하게 보내는 하루에는 해방감이 가득했다.

호주는 지천으로 널린 게 녹지요 이름 없는 작은 공원들이었다. 한국과는 의미와 용도가 사뭇 다른 공원이었다. 장거리 운전자들이 쉬어 가고 마을 사람들이 나와 바비큐를 해 먹을 수 있게끔 공용 바비큐 그릴이 설치되어 있었다. 공식적으로는 야영이 금지되어 있었지만, 호주 사람들에게 텐트 칠 곳을 물어보면 십중팔구 그런 공원을 안내해 줬다. 심지어 픽업트럭에 내 자전거를 실어서 데려다 준 이들도 있었다. 이삼일에 한 번씩은 사설 야영장에 묵으면서 샤워도 하고 빨래도 하며 건강과 여행 경비의 균형을 조절했다.

텐트를 치고 나면 요리하는 데 시간과 정성을 많이 들였다. 자전거

여행은 단조로워서 무료하기도 했었고 체력 소모가 극심해서 잘 먹어야 했다. 서점에서 캠핑 요리책을 한 권 사서 온갖 걸 다 따라 하는 재미를 누렸다. 수제 햄버거를 만들기도 했고 까르보나라는 물론이고 완두콩 크림 수프 같은 것도 만들어 먹었다. 청승맞아 보이긴 해도 재미가 쏠쏠했다. 역시 캠핑의 완성은 요리에 있었다. 지쳐서 이것저것 다 귀찮을 때는 바비큐 그릴에 두꺼운 베이컨과 양파를 함께 구워 먹으면 그만이었다. 양념도 필요 없고 따로 손댈 것도 없지만 베이컨과 양파의 궁합은 완벽했다. 생각만 해도 입에 침이 가득 고인다. 하지만 뭐니 뭐니 해도 최고의 캠핑 요리는 비 오는 날 텐트 안에 구부리고 앉아서 끓여 먹는 라면이었다. 텐트를 두드리는 빗소리는 천상에서 내려온 최고의 양념이었다.

텐트 안에 누워 밤을 맞이할 때면 그 작은 공간이 얼마나 안온하게 느껴졌는지 이루 말로 설명 못한다. 일인용 천국에 입장한 것 같았다. 텐트 안에 있으면 세상의 풍경이 잠시 닫히고 그 누구도 나를 방해하지 않았다. 고독과 정적만이 사방에 가득했다. 나는 텐트 안에서 인생의 비망록을 썼고 헤어진 연인을 그리워하며 시를 쓰기도 했다. 좋았다. 불필요한 소음이 가득한 서울에서는 가질 수 없는 시간이었다. 안타깝지만 서울은 사색을 허락하지 않는 도시 아니던가.

깊은 밤에는 아기 캥거루가 내 텐트로 놀러 왔다 (어쩌면 공격하러 온 건지도 모르겠다). 텐트를 맴돌며 주먹질인지 발길질인지 자꾸만 툭툭 쳤다. 겁이 많은 나는 문을 열어 보지는 못했지만 속으로는 나를 찾아온 캥거루가 고마웠다. 지구는 원래 사람과 동물이 함께 살아가는 별이라는 항의 같았다. 텐트 천국의 절정은 아침에 찾아왔다. 온 갖 새들이 숲에서 합창하는 소리에 눈을 뜨는 황홀함은 말로 전할 수 없는 영역의 것이다. 아침마다 찾아오는 작은 기적 같았다. 착각인지 모르겠지만 새들도 낯선 친구가 반가워서 더 열정적으로 노래하는 것 같았다. 평생 시계 알람 소리에 잠을 깼는데 새소리에 잠을 깨고 보니 원래 사람의 아침이란 게 이런 건가 싶었다.

그리고 그 텐트는 지금까지 내가 소유해 본 유일한 집이었다.

#52 통가리로 국립공원

　뉴질랜드는 대한민국보다 세 배나 넓지만 인구는 부산보다 적다. 국토 대부분이 개발되지 않은 땅이라 시가지를 조금만 벗어나면 녹색 세상이 펼쳐진다. 지상 낙원이다. 한번은 기차를 탔는데 철로의 어떤 구간을 위성에서 찍은 사진이 객실마다 붙어 있었다. 야트막한 산이 잇따라 붙어 있는데, 철로가 산을 따라 빙빙 둘러가고 있는 사진이었다. 믿기 어려울 정도로 꼬불꼬불한 모양이었다. 한국을 비롯한 여느 나라였다면 터널을 몇 개나 뚫었을 텐데, 뉴질랜드는 시간 단축이나 합리성 대신 자연 보존을 선택하고 있었다. 그들의 자부심이 느껴졌다. 뉴질랜드는 인간은 자연을 점유할 수 없고, 인간이 자연에 얹혀 산다는 것을 극명하게 보여 주는 나라였다.

　뉴질랜드에서 가장 가고 싶은 곳은 〈반지의 제왕〉 촬영 장소인 '통가리로 국립공원'이었다. 통가리로는 뉴질랜드 원주민인 마오리족의 성지다. 마오리족의 추장들이 여기에 잠들어 있다고 한다. 워낙 오래 전 일이라 지금은 선조가 묻힌 정확한 위치를 모르지만 마오리족 모두가 초대 추장부터 3대 추장의 몸이 통가리로에 묻혀 있다고 믿는

다. 마오리족에겐 신앙이자 신념의 땅인 것이다. 그런 성스러운 땅이 국립공원이 된 데는 사연이 있었다.

제국주의가 기승을 부리던 시절 뉴질랜드를 침략한 영국은 무분별하게 국토 개발을 자행했다. 영국 입장에선 건설이고 발전이었겠으나, 마오리족의 눈에는 단지 자기네 땅을 파괴하는 것에 지나지 않았다. 보다 못한 마오리족의 지도자가 그들의 성지였던 통가리로를 스스로 영국에 봉납했다고 한다. 이 땅을 내어줄 테니 여기만큼은 어떠한 개발도 하지 말아 달라고, 이 신성한 땅은 제발 개발하지 말고 그냥 두어 달라는 단서 조항을 달면서.

나는 4일짜리 코스를 선택해 트레킹에 나섰다. 첫날 아침부터 새벽안개가 자욱했다. 한치 앞만 겨우 보일 정도였다. 간달프가 안개를 헤치며 다가올 것만 같았고, 등 뒤에서는 골룸이 뛰쳐나올 것 같았다. 터무니없는 상상을 하며 젖은 땅에 발을 디뎠다. 자박자박. 문명이 만드는 소음은 어디에도 없었고, 트레커(trekker) 몇 명이 만드는 발걸음 합주만이 안개를 타고 멀리 퍼졌다. 발걸음이란 이렇게 깊은 울림과 긴 여운을 가진 소리였나.

두어 시간 걸었더니 점차 안개가 옅어지며 먼 풍경이 드러나기 시작했다. 통가리로는 바위투성이의 헐벗은 화산 지대였다. 잠시 머뭇거릴 수밖에 없을 정도로 몽환적인 장관이었다. 통가리로의 화산은 화산 활동이 활발한 곳이다. 지금도 수시로 화산재를 뿜어내며 지상에서 가장 두꺼운 화산재 퇴적층을 만들었다고 한다. 나는 살아있는 화산을 트레킹 하는 것이었다. 이 시간이 한없이 감사했다.

이른 오후, 산장에 도착해 짐을 풀었다. 드넓은 통가리로에는 몇 개의 산장이 드문드문 흩어져 있었고, 각 산장에는 열 명 남짓한 트레커들이 모여들었다. 나무로 지어진 산장은 무척이나 자연 친화적인 공간이었다. 전기도 들어오지 않았고 단출한 매트리스 여남은 개만 들여놓고 있었다. 현대적 도구라고 부를 수 있는 건 가스레인지 하나가 전부였다. 공원 내에서는 어떠한 것도 판매되지 않았다. 트레킹에 나선 사람들은 제가끔 먹을거리와 침구를 짊어지고 다녀야 했다. 불편하지만 합당한 트레킹의 원형이었다.

산장은 통가리로의 질서를 구축하고 있었다. 우리는 제한된 장소에서만 취사를 할 수 있고, 잠을 잘 수 있었다. 통가리로에서는 인간과 자연이 합리적으로 공존하고 있었다.

통가리로의 규모에 비해 찾아오는 사람은 굉장히 적었다. 그나마

당일치기로 방문하는 사람은 더러 보였지만 하루 이상 묵어가는 사람은 굉장히 드물었다. 길 주변에 아무도 없이 나 혼자 걷는 시간이 대부분이었다. 그것이 약간 불안하다 싶었는데, 결국 나는 길을 잃고 말았다. 트레킹의 마지막 날에 생긴 일이었다.

길은 만드는 것이기도 하지만 생겨나는 것에 더 가깝다. 나보다 먼저 그 길을 밟은 사람들의 발자국이 쌓이고 쌓여, 땅이 다져진 게 길이다. 하지만 통가리로는 방문객이 적어 길이 선명하지 않았다. 한번 길을 잘못 든 나는 하루 종일 엉뚱한 곳을 헤맸다. 길을 찾기 위해 바

위산에 올라가 통가리로 전체를 내려다보면 분명 길이 보였는데, 땅에 내려오면 길은 사라지고 없었다. 길 밖에서는 길이 잘 보이는데, 길 위에서는 길이 잘 보이지 않았다.

개활지 한가운데서 두려움에 떨던 나는 엉뚱한 생각에 이르렀다. 어쩌면 내가 서 있는 이곳에 발자국을 내는 첫 번째 사람이 나인지도 모른다. 오만한 생각이긴 했지만 그만큼 지구의 원형을 간직한 땅이었고 사방에 인간의 흔적이 없었다. 오직 지구와 나만 존재했다.

클로드 레비스트로스는 '세계는 인간 없이 시작되었고, 또 인간 없이 끝날 것'이라고 했다. 인간이 사라진 지구를 그려 볼 수 있는 시간이었다. 이 지구에 나밖에 존재하지 않는데, 먼저 살아간 사람들이 다져 놓은 길은 의미가 없었다. 내가 새로운 길을 만들면 되었다. 내가 걷는 그 순간이 새로운 길의 역사가 시작되는 순간 아닌가. 길을 잃었어도 두렵지 않았다. 결국 산장을 찾지 못한다면 배낭에 든 침낭을 꺼내 땅 위에서 자면 그만이었다. 춥기야 하겠지만 죽을 정도는 아니었다.

그런 각오로 길을 만들며 걸었더니, 하늘이 보살폈는지 멀리서 건물 하나가 보였다. 기둥처럼 생겼는데 뭔지 알아볼 수 있을 정도로 가까운 거리는 아니었다. 건물을 향해 무작정 걸었다. 그러는 사이 해가 지고 통가리로는 어스름에 잠겼다. 랜턴을 켜서 발 아래를 살피고, 하늘에 희미하게 남은 잔광으로 기둥이 있던 자리를 더듬어서 겨우 도착했다.

그곳은 아주 작은 스키장이었다. 슬로프라고 하기에 민망한 언덕에 짧은 리프트 한 대가 설치되어 있었고 스키 하우스 한 동이 보였다.

때는 늦여름이었으니 문을 닫은 지 한참 지난 스키장이었다. 스키 하우스에 들어가 침낭을 폈다. 무단침입이긴 했으나 길에서 잘 처지인지라 염치 불구하고 들어갔다. 물이 나오지 않아 씻지도 못하고 음식도 만들지 못했다. 비스킷 조각으로 식사를 대신했다. 배는 고팠지만 마음은 불렀다. 진짜 다행이다. 호기롭게 말하긴 했지만 밖에서 잤다간 입이 돌아갈지도 모르는 일이었다. 묵은 먼지를 침대 삼아 누웠다. 아침에 산장을 나선 이후로 하루 종일 단 한 사람도 만나지 못한 하루였다. 고독과 정적으로 세상이 꽉 찼다.

오직 지구와 나밖에 존재하지 않는 스키 하우스의 밤은 혼자 있음의 환희로 오롯이 빛나고 있었다. 나는 태초의 지구를 만났다.

 # 교양의 가치

통가리로의 산장에는 직원이 한 명씩 근무하고 있었다. 산장에서 먹고 자며 나흘을 근무하고, 집에서 사흘을 쉰다고 했다. 산장에서 근무하는 나흘 동안 자신의 먹을거리를 챙겨오는 건 여느 트레커와 마찬가지였다. 산장에는 화구가 한 쌍밖에 없으니 각각의 직원은 대체로 트레커에게 불을 양보했고 자기는 마른 빵과 치즈, 뮤즐리, 채소 따위로 음식을 만들었다. 부피가 적은 재료만으로도 꽤 근사한 요리를 만들어 내는 게 사뭇 신기했다. 오랜 산장 생활에서 나온 노하우의 집결이었으리라. 직원들은 그렇게 저녁을 먹고 나면 촛불을 켜놓고 밤늦도록 책을 읽으며 트레커를 보살폈다. 근무 환경과 닮아서 하나같이 맑은 사람들이었다.

산장에 모인 트레커들은 대부분 유럽에서 온 중년의 백인 남자들이었다. 경제적으로 안정된 삶을 사는 그들이 내놓는 취사도구는 주방을 최첨단 아웃도어 용품의 전시장으로 만들고 있었다. 타이타늄, 두랄루민 등 이름도 어려운 소재로 만들어진 제품들은 수십만 원을 호가하는 것들이었다.

그 첨단의 향연 가운데 작은 반란이 있었다. 어떤 젊은 커플이 조리대로 오더니 쇠로 만든 커다란 중국식 냄비를 '탕' 소리나게 내려 놓는 것이었다. 그때 나는 분명히 보았다. 산장 안의 모든 사람들이 움찔하는 것을. 오랫동안 여행을 하며 이런 사람 저런 사람 다 만났지만 이토록 크고 무거운 냄비를 배낭에 짊어지고 다니는 사람은 듣도 보도 못했었다. 호기심이 동한 나는 커플에게 말을 걸었다. 그들은 독일에서 왔고, 20대 중반이었으며 세계여행을 하는 중이었다. 문제의 냄비는 캄보디아에서 산 것이라고 했다. 그들은 스파게티 통조림 두 개를 따서 중국식 냄비에 부었다. 통조림 라벨에는 버짓(Budget: 염가)이라는 인쇄가 커다랗게 새겨져 있었다. 최저가에 공급하기 위해 외형을 꾸미는 데 어떠한 비용도 들이지 않겠다는 의지가 돋보이는 통조림이었다. 스파게티 통조림이란 불어 터진 면발이 한 주먹 들어 있는 맛없는 음식이다. 더구나 최저가라니, 얼마나 맛이 없을까. 하지만 커플은 아랑곳 않고 스파게티를 꼼꼼하게 데우더니 산장 마당으로 나가 자리를 잡았다.

　　그들은 양지바른 곳에 신발과 양말을 널어놓고, 파노라마로 펼쳐진 통가리로 국립공원의 풍경을 바라보며 천천히 식사를 했다. 아름다웠다. 풍경도 그랬지만 검소한 커플이 더 아름다워 보였다. 아무리 싸구려 스파게티라 해도 황제의 만찬이었다.

황제 커플이 햇빛 아래에서 식사를 하니 산장 직원이 슬그머니 그
들에게 다가가 말을 걸었다. 말 걸기는 구실일 뿐이었고 사실은 커플
의 식탁에 자기 몸으로 그늘을 만들어 주기 위해서였다. 직원은 얘기
를 좀 나누는가 싶더니 괴테의 시를 낭송하기 시작했다. 영어가 모어
일 텐데 소싯적에 교양으로 독일어 시를 조금 외운 모양이었다. 나는
그 광경을 조용히 지켜보는 동안 온몸에 소름이 돋았다. 커플에게 그
늘을 만들어 주기 위해 그 옆에 서서 시를 외우는 사람이라니. 이것이
교양이라는 것이구나.

우연히 접한 풍경이지만 여행의 감동이 절정에 달하는 순간이었다.
이 순간을 목도하기 위해 나는 그 멀리 북반구에서 남반구까지 내려
왔고, 길에서 몇 년을 보냈었구나. 나이 서른이 넘어 교양의 가치를
만나고 보니 진작에 여행을 다니지 않은 게 안타까웠다. 이런 순간을
지금보다 훨씬 더 어렸을 때 보고 깨달았다면 나는 더욱 풍요롭고 윤
택한 사람이 되었겠지.
여행은 이를수록 좋다. 한 사회 안에서만 살다 보면 사고도 고여 있
게 된다. 유연하게 흐르는 사고를 하기 위해서는 온몸에 밴 습속을 뒤
집어 놓는 먼 나라를 여행하며 멋진 사람들을 만나는 것만큼 효과적
인 게 없다.

#54 우리는 땅의 한 부분

1855년, 미국의 프랭클린 피어스 대통령이 어느 인디언 추장에게 땅을 팔라는 요청을 했다. 인디언 추장은 미국 대통령에게 장문의 편지를 보냈다. 그중 한 부분이다.

어떻게 하늘의 푸르름과 땅의 따스함을 사고팔 수 있습니까?
우리의 소유가 아닌 신선한 공기와 햇빛에 반짝이는 냇물을
당신들이 어떻게 돈으로 살 수 있다는 것입니까?
이 땅의 모든 부분은 우리 종족에게는 거룩한 것입니다.
우리는 땅의 한 부분이고 땅은 우리의 한 부분입니다.

이 편지를 받아 들었을 미국 대통령의 표정이 궁금해진다. 그는 과연 조금이라도 반성했을까? 뒤돌아볼 줄 모르는 물질문명은 인간과 자원을 죄다 소모하며 파멸을 향해 폭주해간다. 오래전 인디언 추장의 일갈은 우리 시대에도 여전히 유효하다.

^{#55} 처음 만나는 여행

“시가 나를 건달로 만들었다.” 시인 유하의 말이다. 그리고 그 건달은 나중에 〈결혼은 미친 짓이다〉, 〈말죽거리 잔혹사〉, 〈비열한 거리〉 등의 영화를 만든다. 어쩌면 시인 유하는 건달이었기 때문에 영화감독이 될 수 있었을지도 모른다. 건달이란 애초에 가진 게 없어서 잃을 것도 없고 무서울 게 없는 사람이니까. 그러지 않고서야 어찌 굶어 죽기 딱 좋은 영화판으로 투신할 생각을 했겠는가.

나도 유하 감독 못지않은 건달이다. 그를 건달로 만든 건 시고 나를 건달로 만든 건 영화다. 지금은 나도 벌이가 제법 나아졌지만, 영화계에 입문한 지 얼마 안 되었을 때는 참담한 수준이었다. 벌이를 차곡차곡 모아 집을 사고 차를 사라는 세상 사람들의 말은 나에게는 너무나 먼 얘기였다. 영화 일의 특성상 수입이 일정치 않았고 워낙 박봉이었으니까. 가진 게 없는 빈털터리 건달이다 보니 그만큼 여행 가기도 쉬웠다. 전셋집이 있는 것도 아니고 할부로 산 차도 없으니, 내 몸이 서울에 있으나 다른 나라에 있으나 혈혈단신 객지 생활이기는 마찬가지였다. 결핍이 여행의 동력을 만들어 낸 셈이었다.

처음 영화 현장에 입문한 건 20대 초반이었다. 무려 100억의 제작비가 투입된 영화의 촬영팀 막내로 영화 일을 시작했다. 일 년의 제작 기간 동안 네 켤레의 운동화를 버려야 했을 정도로 혹독한 강행군이었다. 대한민국 전체가 하나의 거대한 병영을 이루고 있기는 하지만, 영화 현장의 위계질서는 그 이상으로 엄격했다. 함께 일했던 선배들을 험담하는 게 아니다. 촬영팀마다 정도의 차이는 있어도 전체적인 풍토를 말하는 것이다.

선배 하나는 나와 한동네에 살았는데 매일같이 나를 불러 밥을 먹이며 극진히 챙겨 줬지만 촬영 현장에서는 호랑이로 돌변하는 사람이었다. 영화는 수십 명이 모여서 만들기 때문에 개인의 조그만 실수가 전체의 진행을 지연시킨다. 그런 사고를 미연에 방지하기 위한 엄격함이었을 것이다. 특히 촬영부는 수억 원을 호가하는 카메라 장비를 다루기 때문에 항상 적당한 긴장이 필요한 건 사실이었다.

하지만 나는 선배들의 군기를 배겨 낼 재간이 없었다. 오줌을 지릴 정도로 형들이 무서웠다. 오기가 발동해 이를 앙다물고 버티긴 했지만, 마지막 촬영을 마치고 나서 선배에게 솔직히 털어놓았다. 너무 힘들고 무서워서 이 팀에서 더는 일을 못 하겠다고. 촬영부 말단이 그런 소리를 하는 건 사실 항명에 가까운 일이었다 (불과 몇 년 전만 해도 촬영팀 풍토가 그랬다. 지금은 그 정도로 엄하지는 않다). 하지만 고맙게도 선배는 나를 이해해 줬고, 나를 다른 팀에 소개해 줬다. 지금도 내가 한결같이 따르는 고마운 선배다.

하지만 정말 안타깝게도 그 선배가 소개해 준 팀은 거의 전설에 가까운 악명을 떨치는 팀이었다. 이름만 대면 알 만한 일련의 영화를 줄줄이 촬영했던 잘나가는 팀이기도 했다. 하지만 내가 받는 임금은 오히려 다른 촬영팀보다 적었고 일은 곱절로 힘든 상황이었다. 지금 다시 생각해도 웃음이 날 정도로 열악한 환경이었다. 팀의 인원 구성은 카메라 한 대를 위한 구성인데 실제로는 카메라 두 대를 운용하고 카메라 이외에 특수장비도 함께 운용했다. 면접을 진행하던 촬영팀 선배는 나와 몇 명의 지원자를 저울질하며 각오와 다짐을 물었다. 지방에서 올라와 비빌 언덕조차 없던 나는 서울에서 살아남아야 했다. 서울에는 아무런 연고도 없고 인맥도 없었다. 선배는 육체적으로, 정신적으로 정말 힘든 작업이 될 거라고 다시 한 번 주지 시켰다. 나는 자아를 포기하는 심정으로 내 마음을 다그쳐 잡으며 웅변조로 얘기했다.

"열심히 하겠습니다."

1차는 합격이었다. 여느 회사로 치면 인사과장 선에서는 합격이었고 최종 당락을 결정하기 위해서는 전무 정도 되는 사람의 면접이 남아 있었다. 잠시 후에 전무가 들어왔다. 촬영팀에서 가장 직위가 높은 사람이었다. 그는 풍채가 무척 좋았고 어투가 위압적이었다. 그가 나에게 먼저 있던 팀을 왜 그만뒀는지 물었다. 인사과장도 물어봤던 거지만 나는 다시 답해야 했다. 딱히 둘러댈 말도 없고 하니 솔직하게 말했다. 그 팀의 선배들이 군기를 너무 잡아 무서워서 싫었다고. 그럴 줄 알았지만 솔직하게 얘기했더니 면접장 분위기가 안 좋게 흐르는 게 느껴졌다. 앞서는 부연 설명을 하며 내 선택에 대해 설명할 수 있었기 때문에 과장 선에서는 합격점을 받은 상태였다. 더구나 그

면접 자리는 내가 그만둔 팀의 선배가 소개해 준 자리 아니던가. 하지만 전무는 앉아 있는 자세부터 이미 오만함이 넘치고 있었기 때문에 나는 단답형의 대답 이후 입도 뻥긋하지 못했다. 아무리 벌레처럼 하찮은 사람을 대한다고 해도 그토록 예의를 갖추지 않고 늘어지고 삐딱하게 앉아 있을 수는 없었다. 전무의 질문이 이어졌다. 그럼 우리 팀하고도 잘 안 맞으면 또 나가겠네? 전무는 멍청한 사람인 모양이었다. 누가 면접 볼 때부터 그만둘 것을 염두에 둔단 말인가. 어떤 고통을 줘도 무조건 닥치고 꾹 참아야 한단 말인가? 그만두지 않겠다는 각서라도 써야 하나? 나는 최선을 다할 각오로 면접에 임했지만, 맥 빠지는 질문이었다. 나는 나름 침착하고 조리 있게 대답했다.

"그런 불미스러운 일이 일어나지 않기를 바랍니다. 그러도록 최선을 다할 것입니다. 하지만 어쩔 수 없이 그런 일이 생긴다면 저 또한 어쩔 수 없이 다시 그만둬야겠지요. 하지만 정말로 그러지 않기를 바랍니다."

그 순간부터 전무는 나를 보이지 않는 사람 취급 하며 인사과장과 이야기를 나눴다. 저런 애를 어디에 갖다 쓰겠냐고. 나를 발탁했던 인사과장은 씁쓸한 표정을 지었다. 과장 또한 전무와 대화가 안 되기는 마찬가지인 모양이었다. 나는 그 자리에서 쫓겨났다. 마음이 아팠다. 그런데 신기하게도 건물을 빠져 나오는 내 발걸음은 한없이 가벼웠고 얼굴에는 꽃 같은 웃음이 피었다. 아프지만 홀가분했다. 면접을 보는데 저런 하나 마나 한 질문을 하는 사람과 같이 일하지 않게 된 것이 차라리 다행스러웠다. 영화를 대하는 태도나 각오 따위를 질문하며 한 사람의 됨됨이를 파악해 보는 사람은 없었다. 시종일관 그들이 물어보는 건 뇌와 간과 쓸개를 다 떼놓을 수 있는지, 얼마나 열심히 뛰어다니며 일할 수 있는지였다. 나는 되묻고 싶었다.

"지금 썰매개 면접 보십니까?"

며칠 동안 방구석에 틀어박혀 낙담해 있었다. 나는 이제 뭘 하나. 내가 되고 싶은 건 오직 하나, 촬영감독이었다. 영화는 인생을 내던질 만한 치명적인 매력이 있었다. 인생의 진로를 두고 큰 고민을 하던 그때, 먼저 일했던 영화의 잔금이 들어왔다. 박봉이긴 해도 나에겐 목돈이었다. 그 영화를 찍을 때 조감독 형이 인도 여행 이야기를 한 게 떠올랐다. 인도는 이상한 나라라고 했다. 형이 들려준 인도의 피상적인 이야기는 끔찍하고도 신기했다. 지옥 같은 곳인데도 6개월을 여행했다고 했다. 나도 인도에 가야겠다는 생각이 들었다. 자학하는 심정이었다. 지옥으로 뛰어들어야겠다.

주저 없이 인도행 비행기에 몸을 실었다. 지독한 상처에는 떠나는 것만 한 약도 없다. 그동안 읽은 여러 여행기에 보니 다들 이럴 때 떠나더라. 더러워서 촬영팀 안 한다. 나에게 인도는 약속의 땅이었다. 인도 여행을 반추하면 여러 가지 복잡한 감정이 뒤섞여 쉽사리 규정할 수는 없지만 분명한 건 여행이라는 신세계를 만났다는 사실이다. 그곳에서 눈먼 자가 눈뜰 때의 환희를 맛보았다.

하지만 신세계에 머물 수 있는 시간은 짧았다. 여행의 환희보다 먼저 인도에 대한 내 인내심이 바닥이 났기 때문이다. 게다가 인도의 물가가 아무리 싸다고 하지만 내가 가진 돈으로는 석 달을 버틸 수 없었다. 돌아와서 노트북을 팔았다. 그리고 대학을 한 학기 만에 자

퇴하는 대신에 등록금으로 샀던 카메라와 렌즈를 팔았다. 손에는 다시 목돈이 쥐어졌다. 싸구려 카메라를 한 대 사서 다시 떠났다.

여행은 떠남이었고 떠남은 비움이었다. 떠나고 나니 내 안에 가득 찼던 절망은 비워졌고 빈자리에는 대신 용기가 차올랐다. 채우려면 비워야 한다. 노자는 『도덕경』에서 없음이 쓰임새를 만든다(無之以爲用)고 말한다. 그릇의 비어 있음에 그릇의 쓰임이 있고 방의 비어 있음에 그 방의 쓰임이 있다고 가르친다. 그릇이나 방이 무언가로 가득 차 있으면 더 이상 쓰임새가 없게 된다. 마음도 비워야만 채울 수 있다. 그렇게 해서 나는 진정한 여행을 만난 것이다.

촬영팀 면접에 떨어지고서 떠난 여행은 1년을 지속했었다. 상처 받은 나를 치유하기에는 충분한 시간이었다. "더러워서 촬영팀 안 해"라며 떠났었지만, 나는 돌아왔고 배운 도둑질이 촬영밖에 없어서인지 나는 다시 촬영팀에 들어갔다.

착실하게 경력을 쌓으며 영화 일을 하던 나는 또 한번 긴 여행을 떠나야 했다. 하지만 이번에도 나는 2년 만에 돌아와야 했다. 어쩔 수 없이 내가 살아야 할 곳은 한국이었고 내가 해야 할 일은 영화였으니까. 영화를 떠나서 여행을 만나고, 다시 돌아와 영화 만들기를 반복하는 게 내 인생이 떠안은 숙명일지도 모르겠다. 영화와 여행, 내게는 둘 다 포기할 수 없는 소중한 것들이다.

#56 여행 선배

내가 여행을 하는 데 가장 직접적인 원동력이 되어 준 건 일본의 세계적인 건축가 '안도 다다오'다. 그는 세계 건축계를 전복시킨 사람이다. 안도는 대학을 다니지 않았고 고교 시절부터 복싱을 해서 몸으로 번 돈으로 살아가는 가난한 사람이었다. 하지만 훗날 건축가가 되어 인간과 자연과 생활을 하나로 만드는 독특한 철학으로 세계 건축에 있어서는 이미 명예의 전당에 오른 사람이다. 심지어 고졸의 학력으로 일본 최고의 명문대학인 도쿄대 교수를 역임했을 정도다. 한국에는 물론이고 전 세계에 그의 건축물이 널리 퍼져 있다.

그가 세계적인 스타가 된 건 오사카의 작은 주택을 지으면서 시작되었다. 건축 사무실을 내고 그에게 주어진 첫 번째 작업이었다. 신출내기 건축가에게 큰 건물이 맡겨질 리 만무했다. 그는 폭이 3.6미터밖에 안 되는 작은 주택을 마감재를 쓰지 않고 시멘트를 그대로 드러낸 집으로 만들었다. 일명 노출 콘크리트 공법인데 세계적인 유행을 만들어냈고 아직도 그 열기가 식지 않아 한국에도 노출 콘크리트 건물이 도처에 널려 있다. 그리고 그 좁은 주택의 내부 공간을 삼등분해 가뜩이나 좁은 집의 한가운데를 하늘이 뚫린 정원으로 만들었다. 그래서 이 집에 사는 사람들은 정원을 에둘러서 다녀야 했고 비 오는 날 화장실에 갈 때는 집 안에서도 우산을 써야 했다. 미치도록 불편하고 터무니없는 공간 활용이었지만 어이없게도 세계 건축계는 이 작은 주택에 열광했다. 서양 건축가에게서는 찾아볼 수 없는 감성이었던 것이다.

일본에서 최고로 화려한 쇼핑가인 오모테산도는 세계의 명품 브랜드들이 앞다투어 플래그십 매장을 내는 곳이다. 그곳에 어울리지 않게 오래된 아파트가 있었다. 건물주는 안도 다다오에게 의뢰해서 쇼핑몰을 짓고자 했다. 그런데 안도 다다오는 쇼핑몰의 오른쪽 끝 부분에 오래된 아파트 한 동을 허물지 않고 그대로 살리는 설계를 했다. 건물주로서는 환장할 노릇이었다. 막대한 돈을 들여 쇼핑몰을 지으려 하는데 거기에 오래된 아파트를 그대로 두겠다고 하니 기겁할 노릇이었던 것이다. 하지만 결과적으로 안도 다다오가 옳았다. 역사적인 건물의 보존에 관한 세계적 인식과 맞물리면서 쇼핑몰의 일부로 남아 있는 옛 아파트는 새로운 명소가 되었다.

'빛의 교회', '물의 교회' 등 안도 다다오는 바람, 빛, 물 등의 자연을 건축에 그대로 끌어들여 오직 자신만이 보여 줄 수 있는 극한을 보여 준다. 그의 빼어난 건축물과 그 철학을 소개하는 책은 무려 1,000페이지에 달한다. 그렇다면 대학도 다니지 않은 그를 가르친 건 무엇이었을까? 그는 건축을 독학했다. 아니, 여행으로 건축을 배웠다. 그는 복싱의 스파링 파트너 일을 해서 번 돈으로 대학 진학 대신에 여행을 선택했다. 20대의 청년 안도 다다오는 수년 동안 유럽에 머물며 각종 건축물을 답사하고 르 코르뷔지에의 책을 읽으며 건축을 공부했다. 여행 직후에는 당돌하게 건축 사무실을 오픈해 지금에 이른 것이다. 이후에도 그는 세계의 도시들을 유랑하며 건축 공부를 하고 새로운 아이디어를 얻는다고 한다. 그가 여행하며 보고 느끼고 깨닫고 체화한 것을 그대로 건축물에 녹여낸 게 그의 건축 철학이다.

여행가를 따로 직업으로 분류하는 것은 조금 민망한 일이다. 앞서 언급했던 스티브 맥커리나 체 게바라뿐만 아니라 독일의 대문호인 괴테, 한국을 대표하는 화가 천경자, 딴지일보의 김어준 총수, 시뮬라시옹 이론으로 유명한 프랑스의 철학자 장 보드리야르, 사진계의 거장 앙리 카르티에 브레송 등 열거할 수 없을 정도로 많은 사람들이 알고 보면 알아주는 여행가이고 또 탁월한 여행기를 남기기도 했다. 여행 선배를 논하는데 바람의 딸 '한비야'를 빼놓으면 섭섭할 것이다. 나의 학창 시절에는 그녀가 쓴 『바람의 딸 걸어서 지구 세 바퀴 반』 시리즈를 한두 번쯤 보지 않은 사람이 없을 정도였다. 배낭여행의 불모지였던 한국에 바야흐로 배낭여행의 돌풍을 불러일으켰던 그녀는 잘 다니고 있던 외국계 홍보회사를 때려치우고 7년간의 세계여행에 나섰다. 여행하는 동안 비행기를 거의 이용하지 않고 육로로만 여행한 것으로 유명한 그녀 또한 "여행 중에 만난 오지의 사람들에게 많은 것을 배웠고 이로 인해 나의 삶이 완전히 바뀌었다"고 말한다. 그녀가 더욱 대단한 것은, 여행을 마치고 나서 국제 구호 단체인 '월드비전'의 긴급구호 팀장을 맡은 것이다. 일반 구호 활동과 달리 긴급구호는 재난이나 분쟁이 일어난 지역에 하루이틀 안에 파견되어 초동 조치를 하는 임무를 맡는다. 육체적으로 힘든 것은 두말할 것도 없고 상당히 위험한 일이다. 나는 학창 시절부터 그녀의 여행기를 읽으며 세계여행을 동경해 왔다.

이처럼 각계 각처에서 이름을 날리는 이들이 하나같이 여행에 열정을 보이는 것을 보면 여행이란 게 대단한 사람이 하는 특별한 일은 아닌 모양이다. 여행도 그저 삶의 일부이다.

대단한 것이 아닌 걸 알고 나면 행동에 옮기는 건 쉽다. 여행은 일생의 어느 시기에 한 번 하는 게 아니고 평생을 두고 하는 것이니 내 여행도 과거형에 묶어둘 수 없고 진행형으로 써야 한다. 지난 여행을 반추하는 이 책을 쓰는 내내 나는 다음 여행을 어디로 갈 것인지 고민한다. 사실은 당장 떠날 형편도 안 되면서 늘 몽상에 빠져 있다. 어제는 유럽으로 정했다가 오늘은 당장 남미로 바꾸고, 내일이면 아프리카로 다시 바꿀지도 모른다. 어디가 됐든, 생각만 해도 행복하다.

#57 여행과 영화는 하나다

철학자이자 소설가인 알랭 드 보통은 '여행은 질문을 하기 위한 행위'라고 말한다. 그리고 당대 최고의 영화 평론가 정성일은 '영화는 질문을 하기 위해 보는 것'이라고 한다. 주어만 틀릴 뿐, 같은 문장이다. 여행과 영화는 삶을 대하는 방식에 대한 문제 제기라는 같은 목적을 공유한다. 나는 영화에 내 청춘을 저당 잡힌 것처럼 여행에도 흠뻑 빠져 버렸다. 우리는 세상을 대하는 새로운 태도를 필요로 한다. 그것이 우리가 영화를 보고 여행을 하는 이유이자 목적이다.

여행에 그토록 마음을 뺏길 수 있었던 것은 여행이 영화와 무척 닮았기 때문이다. 여행기를 쓰는 것도 좋은 영화를 보고 났을 때 친구들에게 소개하며 영화의 감동을 함께 나누고 싶은 마음과 같다. 극장을 채 빠져 나오기도 전에 친구에게 전화를 걸어 감동에 겨운 수다를 떠는 것처럼 말이다. 터질 것 같은 감동을 혼자서 삭히는 건 정말 괴로운 일이니까. 여행과 영화는 내 인생을 움직이는 두 바퀴다.

 귀국

    '여행'이라는 명사에는 '떠난다'는 동사를 쓴다. '떠난다'라는 말을 입안에서 가만히 발음해 본다. 세상에 이처럼 홀가분한 말이 또 있을까. 자신이 가진 모든 것을 잠시 내려놓는 시간. 자신이 소유한 물건들, 일, 세속적 욕망 따위는 모두 집에 두고 떠나야 한다. 여행자가 가질 수 있는 건 배낭 하나가 전부니까. 여행은 가볍고 작은 삶이다. 하지만 '떠난다'는 돌아온다는 약속이 포함되어 있는 말이다. 돌아오지 않을 거라면 사라진다라고 불러야겠지.

여행의 완성은 돌아오는 데 있는 모양이다. 돌아오지 않겠다며 호기롭게 떠났던 두 번째 여행에서 나는 2년 만에 돌아와야 했다. 거기까지였다. 그동안 영화판에서 번 알량한 돈을 죄다 까먹는 데는 2년이면 충분했다. 하지만 바닥을 드러낸 잔고가 귀국의 이유는 아니었다. 이미 여행의 경험을 통해 어디서 빌어먹더라도 굶어 죽지 않을 배짱과 노하우는 나에게 넘쳤다. 내가 귀국을 결심하게 된 이유는 다소 엉뚱하게도 '부채의식' 때문이었다.

여행하면서 만났던 세계의 사람들은 둘로 나뉘어져 있었다. 자유롭게 여행 다닐 수 있는 사람들과 그렇지 못한 사람들로. 자유롭게 여행 다니는 나를 부러워하는 또래의 친구들 앞에서 나는 몸 둘 바를 몰랐다. 그 친구들은 왜 여행하지 못하는 것일까. 내가 잘난 게 뭐라서 여행의 자유를 누리는 것일까? 한국에서 평균 이하의 삶을 사는 내가 그 친구들의 나라에서 태어났다면, 나도 길에서 만난 이국의 여행자를 부러워하고 있었을 것이다. 그 친구들과 나는 근본적으로 다를 게 없었다. 한국에서 태어났다는 행운만으로 과분한 자유를 누리는 것이 미안했다. 사회적 부채의식은 너무나도 자연스럽게 내 여행의 귀결점이 되었다. 나는 돌아가기 위해 짐을 쌌다. 아무리 사소해도 좋으니 내가 누린 혜택을 돌려줄 수 있는 방법을 찾아야 했다.

어떻게든 돌아가지 않으려고 발버둥 치던 여행이었지만, 막상 귀국하기로 마음먹으니 얼른 돌아가고 싶어 조바심이 생겼다. 사람의 마음이라는 게 이리도 쉽게 변하는 것이었나. 스스로에게 민망했지만

나는 하루라도 빨리 돌아가 부채의식을 지우기 위한 공부를 하고 싶었다. 여행이 몸으로 하는 공부이긴 하지만, 여행은 사유의 재료를 모으는 것에 가까운 일이었고 모아온 재료를 완전한 사유로 정립하기 위해서는 책상 앞에서 하는 공부가 필요했다. 외국이라고 해서 공부를 못할 것도 없지만 나에게 필요한 공부는 모어가 필수적이었다. 내 지식이 워낙 얕으니 선생도 필요했고 선배와 동무도 필요했다. 한국어로 쓰인 책들이 그리워서 미칠 지경이었다.

여행이 이미 공부이자 학교였지만 더 열심히 공부하기 위해 돌아온 나는 한동안 고시원에 틀어박혀 공부만 했다. 공부란 본디 끝이 없다고 하지 않던가. 여행 또한 돌아왔다고 해서 끝나는 게 아니었다. 책상에 앉아 여행의 시간을 갈무리하면서 여행은 더욱 충만해졌다. 여행과 공부의 경계를 허무는 것이야말로 진정한 여행이었다.

 출장

　여행을 마치고 현업으로 복귀했지만 나는 여전히 집을 떠나 있을 때가 많다. 촬영을 위한 출장 때문이다. 어찌 보면 출장도 여행이다. 일하러 간 것이라 여유로운 시간을 가질 수는 없지만, 버스 창밖으로 흘러가는 풍경이 서울이 아니라는 것만 해도 감사하니까.

　여행이 삶의 연장이더니 삶도 여행의 연장이 되었다. 그러니 출장이 잦은 촬영이야말로 나의 천직이다.

"THE BUMS"
Brooklyn DODGERS

ENTRANCE
UPTOWN

#60 여행은 이미 시작되었다

'론리 플래닛'의 창업자이자 여행가인 '토니 휠러'에게

여행하면서 가장 좋았던 곳이 어디냐고 물었더니

공항의 출국장이라 답했다고 한다.

Observation Deck
Toilets
DANGER

나 역시 여행하면서 가장 좋았던 곳은 비행기였다.

기내식 먹고 맥주 몇 잔 마시며 보내는 유유자적한 시간,
하늘을 날고 있는 건 비행기가 아니라 여행자의 가슴이었으니,

마음은 벌써 이국의 신비한 이야기들로 벅차오른다.

여행은 이미 시작되었다.

나는 평생 여행하며 살고 싶다

처음 일했던 영화에서 삼 개월 동안 중국 촬영을 했었다. 나와 다르게 생각하는 사람들을 그 짧은 시간 동안 집중적으로 만나면서 문화적 충격을 받았던 게 나에게는 긴 여행의 기원이 되었다. 소위 말하는 대륙적 사고는 명성 그대로였다. 같이 일하게 된 중국인 동료에게 고향이 어디냐고 물었더니 여기서 가깝다며, 14시간밖에 안 걸린다고 했다. 그곳의 차들은 신호를 지키지 않았고 사람들은 당연하다는 듯 무단횡단을 했다. 사람과 우마와 차량이 한 도로에 뒤엉켜 무질서했다. 식당에서 재떨이를 찾으면 그냥 바닥에 버리라고 했고, 컵에 금이 갔으니 바꿔 달라고 하면 보는 자리에서 그 컵을 길에 내다 버렸다. 노상방뇨가 횡행했고 화장실에 수세식 좌변기가 있어도 물을 내리지 않는 사람들이 많았다. 내가 보기에 중국은 더러웠다.

하지만 나는 그런 중국이 좋았다. 지나치게 반듯하고 질서 정연한 한국은 숨 막히게 답답했다. 이유를 설명하기 힘들지만 중국의 무질서함에 매료된 것이었다. 중국의 대도시는 그렇지 않지만 조금만 외곽으로 나가면 화장실에 칸막이만 있고 문이 달려 있지 않은 경우가 많았다. 기겁할 만한 일이었다. 마음이 좁여 밖에서는 도통 볼일을 보지 못했다. 하지만 어느 날 참을 수 없는 상황이 닥치고 말았다. 급한데 이것저것 가릴 처지가 아니었다. 나는 모르는 사람과 마주 보고 앉아 볼일을 봐야 했다. 하지만 참담하기만 한 것이 아니라 쾌감이 있었으니, 나는 그때 비로소 중국의 문화에 녹아든 것이었다. 금기를 극복한 것 같아 대견한 마음이 들었다. 내 자신이 조금 더 용감해진 것 같고, 조금 더 자유로워진 것 같아 혼자 우쭐해 하며 미소 지었다.

한국과 중국 제작진 사이에서 통역 업무를 맡은 사람들은 조선족이었다. 한족과 조선족과 한국인은 똑같이 생겼다. 하지만 서로 언어가 달랐고 생각이 다르다는 사실이 사뭇 신기했다. 조선족이야 한국말도 쓰지만 표준 한국어와 일치하는 것이 아니었고 그들은 명백한 중국 사람이었다. 지금 생각해 보면 우리는 서로의 정체성 때문에 적잖이 혼란스러워 한 것 같다. 한국인이 보기에 조선족은 우리말을 하니 다 같은 '우리'지만 그들은 '우리' 안에 섞이지 못했다. 한국인과 중국인 사이에서 조선족의 위치는 흔들리고 있었으니, 조선족은 내가 만난 최초의 경계인이자 디아스포라였다.

나는 조선족 친구들과 한족 친구들과 한데 어우러져서 매일같이 양꼬치에 맥주를 마셨다. 우리가 즐겨 가던 양꼬치집은 위구르족 청년이 일하는 곳이었다. 단일민족 신화 안에서 '우리가 남이가'를 외치며 모두가 가족인 삶을 살아온 나에게 중국은 새로웠으며 넓고 복잡한 데도 질서를 유지하는 놀라운 세상이었다. 무질서하고 더러워 보이지만 그것은 중국이 구축한 나름의 질서일 뿐이었다. 나는 큰 세계를 만난 것이 기뻤다. 그때부터 여행은 내 안에 잉태되었다.

이후, 영화와 여행의 두 바퀴로 굴러가던 내 삶은 기어이 이 책에 이르게 되었다. 더구나 중국에 돌아와서 원고를 마감하게 되었으니, 더없이 기쁘고 감사하다. 이번에는 드라마 촬영이 있어 한동안 중국에 머무르게 되었다. 중국에서 잉태된 여행이 중국에 돌아와 책이 되다니, 바다를 여행하고 돌아온 연어가 된 기분이다.

이 책의 뼈대가 된 원고의 일부는 노숙자의 자활을 돕는 잡지 《빅이슈》에 재능기부로 연재되었던 글들이다. 연재 기간 물심양면 지원해 주신 모든 분들께 감사드린다.

대부분의 원고는 한국을 떠나기 전에 완성되었지만 중국에서 퇴고를 거쳤고 약간의 글을 더하게 되었다. 상실의 시대를 살아가는 힘없는 사람들을 향한 사랑 노래를 쓰고 싶었지만, 본디 글쓰기와는 거리가 먼 촬영자라 뜻대로 되지는 않았다.

원래 공부란 저자가 조금 하고 그 다음에는 독자가 하는 것이라고 장정일의 『공부』는 말한다. 독자들이 책에서 다룬 주제와 내용을 보고 나서 '여기서부터는 내가 더 해봐야지' 하고 발심하기를 얘기하는 것이다. 세상에 이만큼 지금 내 심정을 표현해 주는 문장이 없다. 내가 여행을 조금 했으니, 이 책을 읽는 독자들이 발심하여 마저 여행해 주시기를 기원한다. 그것이 먼저 여행한 사람의 의무이자 바람이다.

중국에서

박 로드리고 세희

나는 평생 여행하며 살고 싶다

초판 1쇄 발행 2013년 12월 16일
초판 3쇄 발행 2015년 6월 25일

지은이 | 박 로드리고 세희
펴낸이 | 정상우

디자인 | nice age 이선주, 강상희
인쇄·제본 | 두성 P&L
용지 | 진영지업사(주)

펴낸곳 | 라이팅하우스
출판신고 | 제2014-000184호(2012년 5월 23일)
주소 | 서울시 마포구 월드컵북로 400 문화콘텐츠센터 5층 1호
주문전화 | 070-7542-8070 팩스 | 0505-116-8965
이메일 | book@writinghouse.co.kr
홈페이지 | www.writinghouse.co.kr

ⓒ박 로드리고 세희 2013
ISBN 978-89-98075-06-4 (13810)

이 도서의 국립중앙도서관 출판시도서목록(CIP)은 서지정보유통지원시스템 홈페이지(http://seoji.
nl.go.kr)와 국가자료공동목록시스템(http://www.nl.go.kr/kolisnet)에서 이용하실 수 있습니다.
(CIP제어번호: CIP2013024101)